Ken Bruen est né en 1951, à Galway, en Irlande. Après une carrière d'enseignant en anglais qui le mène en Afrique, en Asie du Sud-Est et en Amérique du Sud, il décide de se consacrer à l'écriture. Il est le créateur des inspecteurs Roberts & Brant (*Le Gros Coup*, *Le Mutant apprivoisé*, *Les Mac Cabées*, *Blitz*) et des enquêtes de Jack Taylor, dont *Delirium tremens*, juste avant *Toxic Blues* et *Le martyre des Magdalènes*, est le premier volet traduit en France. Son style incisif et la férocité désarmante de ses personnages l'ont d'emblée placé parmi les meilleurs d'une génération d'écrivains anglophones en passe de renouveler le roman noir.

Pour Cathi Unsworth

Vous ne pouvez pas revenir

Thomas Wolfe

Dans le car qui me ramenait à Galway, *The Boys Are Back in Town* me trottait dans la tête, comme une scie. Un tube de Thin Lizzy, avec Gary Moore dans un de ses solos d'enfer. J'avais assisté au dernier concert qu'ils avaient donné à Dublin. M'arrangeant pour faire partie du service d'ordre lors de l'événement musical de l'année. Phil Lynott, en cuir noir de la tête aux pieds, défoncé jusqu'aux ouïes, arpentait la scène telle la panthère de Rilke. Scène qu'il allait quitter. Comme moi, d'ailleurs. Sa mort prématurée avait coïncidé avec l'arrêt brutal de ma carrière. Viré de la police pour avoir foutu sur la gueule d'un député. Des regrets ? Aucun. Sauf de ne pas avoir cogné plus fort[1]. Après ma mise à pied, j'avais progressivement glissé dans la spirale de l'enfer éthylique. Et je m'étais installé à Galway, détective privé et foireux dont les en-

1. Voir *Delirium tremens*, Folio Policier n° 417.

quêtes avaient causé plus de dégâts que les crimes qu'elles devaient résoudre. Aujourd'hui, je revenais de Londres, habillé de cuir, habité par la coke.

Je serais bien rentré plus tôt, sans cette vieille injonction irlandaise qui vous intime de « rester parti ». Ou de prétendre au moins avoir essayé. Je me demande bien qui je voulais impressionner. Car ça faisait une bonne paye que je n'avais pas épaté âme qui vive, et encore moins moi-même. Et puis, là-dessus, il s'était produit quelque chose qui tenait du miracle : j'avais quitté Galway dans un état de sobriété parfaite. Quelle révélation ! J'avais l'esprit clair, j'étais délivré de cette éternelle nausée. J'arrivais même à réfléchir sans avoir besoin de me bourrer la gueule à chaque occasion. Et j'avais retrouvé le plaisir de me plonger à corps perdu dans la lecture. Franchement, j'y croyais : je repartais de zéro.

Maintenant, j'étais redevenu ce qu'on appelle un buveur conscient. Autrement dit, quand j'étais conscient, je buvais. Un type que j'avais rencontré sur Kilburn High Road m'avait demandé si j'étais un alcoolique mondain, à quoi j'avais rétorqué :

« Non, et toi ?

– Oh, moi, c'est à la mondaine que je pointe. »

J'étais parti pour Londres avec un projet. Et,

franchement, quoi de plus mortel qu'un alcoolique avec un projet ? Le mien se résumait à ça : aller à Londres et me trouver un appart' à Bayswater. Aussi près du parc que possible. Avec *bay-window*, de préférence. Pour regarder les écureuils gris cavaler le long de la Serpentine. Dans ce projet, la femme de ma vie se rendrait compte qu'elle s'était fourvoyée et à quel point je lui manquais. Elle sauterait dans un avion pour Londres et, d'une manière ou d'une autre, elle m'y retrouverait. Il ferait beau, il fallait qu'il fasse beau. Donc, elle me découvrirait par miracle et on nagerait dans un bonheur suprême. Moi, je n'aurais rien à faire, sinon attendre qu'elle arrive. Autre version : si je « restais parti » assez longtemps, je recevrais une lettre me disant : « Si tu savais comme tu me manques ! Je t'en supplie, laisse-moi revenir. »

Au lieu de quoi, j'ai atterri dans un meublé à Ladbroke Grove. Et me suis consolé dans un bain d'illusions. Pendant mon sevrage, j'avais fait une cure d'*Astral Weeks*, de Van Morrison. Un album superbe, le nec plus ultra d'une œuvre magnifique. Je me racontais que c'était ça, ma vie. Alors que la réalité était un vrai cauchemar. Aujourd'hui, Ladbroke Grove n'est plus qu'une longue étendue de décrépitude urbaine dont les épaves humaines et les tas d'ordures se disputent le territoire. Un mélange d'effluves assaille les narines de qui s'y aventure. Ça va de l'incontournable curry à la vieille pisse, pour finir par cette puanteur envahissante que dégagent les lieux à l'abandon.

J'avais quitté Galway en laissant derrière moi une flopée de cadavres. J'enquêtais sur le supposé suicide d'une adolescente.

Ce qui avait donné —

Nota bene :

Trois meurtres.

Quatre, en comptant mon meilleur ami.

Un cœur brisé (le mien).

Des masses de thune.

L'exil.

Imaginez ce que ça aurait donné si j'avais été compétent...

Eh ouais... Sans compter que ma contribution avait sans doute provoqué la mort d'une autre gamine. Il avait fallu que je serre les dents et les poings pour que mon nom ne vienne pas allonger la liste des victimes. Je pourrais vous infliger la ritournelle la plus lamentable de cette décennie :

« J'ai cru bien faire. »

Faux.

La plupart du temps, j'étais bien trop bourré pour croire à quoi que ce soit.

Quand le car est entré dans Galway, je me répétais en boucle ce mantra :

« Tenter de rendre au monde un peu du cœur qu'il a perdu. »

C'est un vers de Louise Bogan qui fait naître en moi un désir d'expiation à jamais irréalisable.

En descendant du car à Fair Green, la première chose que j'ai avisée était un gros titre :

HALTE À LA VIOLENCE À GALWAY !
RENFORCEZ LA GARDA !

Ensuite, j'ai remarqué les hôtels. Quatre de plus dans Forster Street. Jadis, cette rue était un vrai cul-de-basse-fosse. Où rien ne poussait. Jamais. Bien sûr, ça faisait un bail que le Sammon's avait disparu. Le pub de ma jeunesse. Liam Sammon, le patron, avait joué dans l'équipe de hurling trois fois championne d'Irlande.

Aujourd'hui on n'a plus que ses yeux pour pleurer. À l'époque au moins, quand le pub avait fermé, il y avait encore le showroom de moquettes. Là, sur la vitrine, juste un écriteau :

LE PUB EST TRANSFÉRÉ SUR TUAM ROAD

Seigneur Dieu !

Impossible de dire : « Tout fout le camp. »

Puisque tout se barre sur Tuam Road.

Avant mon départ pour Londres, je m'étais trouvé un nouveau pub. Une sacrée gageure dans une ville où le moindre débit de boissons fréquentable m'avait déclaré interdit de séjour. J'avais compris qu'il allait me plaire rien qu'en lisant la pancarte collée sur la vitrine :

NOUS NE SERVONS
PAS DE BUDWEISER LIGHT

Jeff, le propriétaire, avait joué dans un groupe *heavy metal* qui avait fait un tabac dans l'Allemagne des années quatre-vingt. Il écrivait les paroles. Tiens ! Quelles paroles ?

Je ne vous le fais pas dire...

Il s'était mis en ménage avec une rockeuse punk qui me donnait un coup de main, à l'occasion. Cathy Bellingham, ex-junkie londonienne échouée à Galway. Une fois les présentations faites, je m'étais retiré. Ils seraient ma première escale.

J'avais pris l'avion de Heathrow à Dublin et attrapé le car de midi pour Galway. En me voyant, le chauffeur m'avait lancé :

« Alors, comment ça va ? »

Aucun doute, j'étais revenu.

Ex-fumeur, j'avais repiqué. Une vraie chierie dans ce monde nouveau, uniquement conçu pour les non-fumeurs. D'autant plus grave qu'il est quasiment impossible de prendre de la coke sans fumer une cigarette. Les deux font si bon ménage. Quand le premier rush vous déchire, il faut le kicker à la nicotine. Comme si on n'était pas déjà assez mal comme ça... Je ne sais pas si ça se produit à l'instant où un froid glacial vous paralyse ou ensuite, mais on s'agite, fébrile, à la recherche du paquet rouge de Marlboro. Allez donc essayer de fumer à l'aéroport de Dublin — ou dans n'importe quel aéroport, d'ailleurs. Bonne chance ! Et qui parle de ségrégation ? Tout piteux, les fumeurs vont se terrer dans le moindre renfoncement ou cagibi. Tels les lépreux d'un désert moderne. On se salue mutuellement d'un air coupable, on allume sa clope et on inhale le poison. Quant à passer de la came à l'aéroport de Dublin, il faudrait être totalement siphonné pour même s'y essayer. Les types sont impitoyables. Ils vous voient venir de loin, vous chopent et vous envoient au trou, direct.

Moi, j'ai tenté le coup.

Le manque a muselé la peur. Je voyais déjà les gros titres :

UN EX-*GARDA* PINCÉ À L'AÉROPORT

Génial, l'accueil, non ?

Tu parles !

Une fois dans Forster Street, j'ai senti le besoin me prendre en tenaille mais j'ai réussi à me contrôler. Devant le Nestor's, un type en complet blanc dégueulasse chantait :

« *You're such a good-looking woman...* »

Par terre, devant lui, il avait posé une vieille casquette cradingue. Garnie de quelques pièces de cinquante pence. J'ai raclé mes fonds de poche et lui ai jeté ma mitraille. Il m'a fait :

« *Spit on me, Dickie*[1]. »

De Joe Dolan à Dickie Rock, sans sauter une mesure. J'ai rigolé. Il m'a dit :

« C'est du british, mec.

– Oh ! désolé !

– Allez, t'as cru bien faire. »

Et il a entonné *The House with the Whitewashed Gable.*

Au comptoir du pub, il n'y avait qu'une seule sentinelle. Qui s'est exclamée :

« Jésus, Marie, Joseph ! Regardez qui c'est qu'est revenu ! »

En Irlande, c'est la formule rituelle pour accueillir l'exilé qui rentre au pays.

« T'es revenu. »

Jeff était derrière le bar. Il m'a fait un petit signe de tête :

« Qu'est-ce que tu prends ?

– Une pinte. »

Regard interrogateur, les yeux écarquillés, comme pour dire : « Tu rebois ? »

1. « Crache-moi dessus, Dickie » : ce que criaient les groupies de Dickie Rock, dans les années soixante, lorsqu'il ruisselait de sueur sur scène. *(Sauf indication contraire, toutes les notes sont des traductrices.)*

Mais, grâce à Dieu ou au diable, il ne l'a pas dit. Les haut-parleurs diffusaient un air que je n'ai pas reconnu. J'ai demandé :

« C'est quoi, cette chanson ? »

Avec un sourire, il m'a répondu :

« Tu me croiras jamais.

— Jeff, en Irlande je suis prêt à gober n'importe quoi.

— C'est Tommy Fleming : *I Saw a Stranger.* »

Pendant que la Guinness reposait, il s'est approché :

« Fais-moi la bise. »

Je la lui ai faite.

Sans grâce et sans souplesse. En Irlande, les hommes ne s'embrassent pas. Ou, s'ils le font, c'est comme s'ils en avaient honte. Jeff avait l'air en forme : 501 noir impeccable, chemise de grand-père, bottes de cow-boy et gilet en daim noir. Un catogan bien serré. Comme moi, il frisait la cinquantaine, mais sans rien avoir du rocker vieillissant. Il se déplaçait avec une aisance qui donnait de la classe à tout ce qu'il portait.

« T'as l'air en forme », ai-je fait.

Ce qui, en Irlande, est souvent le préambule à : « File-moi un peu de fric. »

J'étais sincère.

Il a reculé d'un pas pour m'examiner de la tête aux pieds. Je portais mon unique costard, acheté d'occase chez Oxfam. En passe de rendre l'âme. J'avais les cheveux longs et la barbe non taillée.

« Toi, t'as l'air naze.

— Je te remercie. »

Il s'est retourné pour finir de tirer ma pinte. J'ai repris ma place attitrée. Dans le coin, là où il y avait une table en bois bien dur, avec une chaise encore plus dure. Rien n'avait changé. Sauf moi. Je me suis tourné vers la sentinelle :

« Je t'offre une pinte ? »

Il n'a pas répondu tout de suite. J'ai cru qu'il ne m'avait pas entendu. Puis il a pivoté sur son tabouret :

« Faudra que je t'en paie une ?

— Non.

— Alors, d'accord. »

J'ai fourragé dans mon sac, pour en extraire quelques trucs essentiels. J'ai posé un paquet sur la table et glissé le restant dans ma poche :

« Je vais pisser, Jeff.

— Comme tu veux... »

J'ai verrouillé la porte des waters, me suis agenouillé devant la cuvette, ai baissé l'abattant et déplié le papier alu. Je me suis préparé cinq lignes, ai roulé un billet de dix livres et sniffé sans perdre une fraction de seconde. La brûlure est arrivée, instantanée. Elle m'a projeté contre la porte. J'ai senti le froid me lacérer le cerveau et j'ai marmonné :

« Doux Jésus ! »

Dix minutes après, survolté, je me suis redressé et suis allé au lavabo. Sur le miroir, audessus, il y avait une pub pour des cigarettes irlandaises :

SWEET AFTON

Je saignais du nez.

« Oui, tout de *sweet* ! »

Je me suis essuyé avec un Kleenex et collé la tête sous le robinet d'eau froide. Sous ma barbe, j'avais le teint grisâtre. Et les joues creuses. J'ai remonté mon pantalon, resserré ma ceinture d'un cran. Quinze kilos d'envolés. À l'époque où je jouais au hurling, j'étais un costaud. Le régime sport-patates, ça vous rembourre sérieusement...

De retour au bar, j'ai trouvé Cathy assise à ma table. Transformée. Quand je l'avais connue, elle avait vingt-deux ans et les bras constellés de traces de piquouzes. Elle a bondi vers moi.

« T'es revenu ! »

En plus du salut à l'irlandaise, elle avait chopé un petit accent chantant. Mais je préférais son intonation à la Kim Carnes.

Re-bises.

Elle m'a lancé un regard perçant.

« La coke.

— Hein ?

— C'est pas à une vieille toxico que tu vas la faire...

— Et pourquoi j'essaierais ?

— Pour faire comme tous les camés : te planquer. »

Je me suis assis, j'ai avalé une bonne rasade. Putain, quel délice ! Cathy s'est penchée vers moi, m'a essuyé la mousse sur la lèvre supérieure :

« Ta chambre est prête.

— Comment ça ?

— La première nuit, on la passe avec les copains.

— Mais j'allais retourner à l'hôtel, au Bailey's.

— T'iras demain.

— D'accord. »

Elle s'était arrondie. Le visage bien nourri, éclatant même.

« Tu es radieuse. »

Elle a pris un petit air timide. Je jurerais presque qu'elle a rougi, même si, à mon avis, il s'agit d'un art en voie de disparition.

« J'attends un bébé. »

Après les félicitations d'usage, j'ai ajouté :

« Je t'ai rapporté quelque chose. »

Son visage s'est illuminé :

« Montre. »

Je lui ai donné le premier paquet. Comme une vraie gamine, elle a déchiré l'emballage. Un *claddagh*[1] a roulé sur la table.

« Il y en a un pour chacun.

– Oh, Jack ! »

Je les avais négociés à un type dans un pub de Londres.

Cathy a essayé la bague. Elle lui allait. Elle a crié :

« Chéri, viens voir ce que Jack nous a rapporté ! »

Jeff s'est approché de la table avec circonspection. Cathy lui a montré l'anneau en or :

« Allez, essaie-la. »

Elle était trop petite. Il a tiré une chaîne de sous sa chemise. J'ai remarqué une médaille miraculeuse. Il a ouvert le fermoir, enlevé la médaille et glissé la bague dans la chaîne.

« Daniel Day Lewis porte un *claddagh*. Avec ça, il s'imagine qu'il fait irlandais. »

La médaille était posée sur la table, comme un appel au miracle – du moins, c'est ce que la coke me suggérait.

« Prends-la, Jack, m'a fait Jeff.

– C'était celle de ta mère.

1. Bague traditionnelle de Galway, souvent utilisée comme alliance. Elle représente deux mains tenant un cœur surmonté d'une couronne.

— Justement, elle saurait apprécier une bonne cause.

— Dit comme ça, comment refuser ? »

Je l'ai glissée dans mon portefeuille. À côté de la photo d'une jeune femme qui souriait sans regarder l'objectif. Des bouclettes encadraient son visage presque joli. Jeff y a jeté un coup d'œil et a sifflé :

« Tiens, tiens…

— Je l'ai eue avec le portefeuille. »

La soirée s'est bientôt transformée en fiesta. J'ai passé un coup de fil à mon ancien hôtel, pour inviter Mme Bailey. Elle est venue avec Janet, sa bonne/femme de chambre/videuse de pots de chambre. Une créature authentique, tout en délicatesse. Quelques *gardaí* de passage se sont joints à nous. À neuf heures, la fête battait son plein. J'étais passé au Bushmills sans anicroche. Jeff a dansé avec Mme Bailey et j'ai fait un tour de valse avec Janet. Les *gardaí*, eux, ont exécuté quelques pas de gigue.

Une fois la fête finie, le pub était un vrai champ de bataille. Comme si une bombe y avait explosé. Complètement H.S., je m'étais effondré sur ma chaise en bois. Mauvaise idée : j'avais le dos en miettes. Et la gueule de bois m'a frappé : bas, vite et mortelle, cognant la moindre fibre de mon être. J'ai marmonné :

« Bon Dieu ! »

La sentinelle s'était écroulée, la tête sur le bar, devant son incontournable demi-pinte de stout. Jeff a refait surface.

« La journée s'annonce bien, mes loulous. »

Le sadique ! Il a allumé la télé, zappé les chaînes, marqué un arrêt sur Sky News :

« Le corps de la présentatrice Paula Yates a été retrouvé inanimé à son domicile… »

J'ai accusé le coup. Je l'adorais moi, cette nana déjantée. Une fois, je l'avais entendue raconter :

« Un jour, alors que ma Fifi était encore bébé, elle est tombée de son berceau. Comme c'était la première fois, j'ai paniqué et j'ai couru chez le médecin. Il m'a dit : "Madame, votre bébé a un seul problème : elle croule sous les bijoux." »

C'est pas irrésistible ?

Un jour, j'ai entendu Mary Coughlan dire :

« Chanter le blues, c'est bien, mais moi, c'est du blues que j'ai failli crever. »

Amen.

Jeff a secoué la tête, m'a lancé un regard perçant :

« Quel gâchis ! »

Je le connaissais. Son visage avait l'expression favorite de toutes les mères irlandaises. Une sérieuse mise en garde, du genre :

« Ça t'apprendra. »

Mais il avait bien trop d'élégance pour le dire.

La sentinelle a frémi. Il a allongé le bras vers son verre, avalé son fond de bière et s'est rendormi. Au Grogan's, mon ancien pub, il y avait comme ça deux types qui étaient là du matin au soir. Chacun à son extrémité du bar et habillés pareil :

casquette de drap,
veste de laine,
pantalon de tergal.

Et deux boissons identiques : une éternelle pinte de Guinness à demi vidée, avec un faux col de mousse crémeuse intact. Une vraie prouesse. Jamais je ne les ai vus se faire le moindre signe de reconnaissance. Et je ne les connaissais que sous ce nom : « les sentinelles ». Que gardaient-ils ? Mystère... Les valeurs anciennes, peut-être. Le premier était parti des coronaires. Le second avait levé le camp lorsque le Grogan's avait changé de propriétaire.

Je me sentais vieux. La cinquantaine approchait, chaque année me creusait un sillon supplémentaire sur le visage. Et aujourd'hui, en prime, j'en avais cinq de plus — cadeau de la gueule de bois.

« Café ? m'a demandé Jeff.

— T'as déjà vu le pape sans son chapelet ?

— D'accord, alors, c'est oui ? »

Je suis monté au-dessus. Ils m'avaient laissé la chambre d'amis sous les toits, au dernier étage. Propre. Spartiate. Le rêve de Thomas Merton.

Le soleil s'engouffrait par la lucarne. Porteur d'une illusion d'espoir. J'ai pris ma trousse de toilette et suis parti à la recherche de la salle de bains. Elle était libre. Impeccable, avec des piles de grosses serviettes moelleuses, bien rangées.

« O… K. ! Je vois... »

J'ai enlevé mon costard désormais irrécupérable et me suis collé sous la douche. En évitant de regarder mon torse. Couturé de cicatrices à traçabilité garantie. J'ai ouvert en grand le robinet d'eau chaude et l'ai laissé couler au maximum. Quand je suis sorti, j'avais la peau à vif. Je me suis enveloppé dans une des serviettes et j'ai inspecté l'armoire à pharmacie.

Tout le monde fait ça, non ?

Bourrée de trucs de nanas. Me suis aspergé de déodorant Mum. Quasiment occis par les effluves. Sorti du tube quelques aspirines vite avalées, sans eau. Tiens ! un flacon métallisé d'after-shave. Harley. Je me suis dit :

« Ben, alors, Jeff... »

M'en suis frictionné la barbe.

« Un petit brin de coke et tout baigne. »

J'ai allongé quelques lignes sur le lavabo, pris une profonde respiration et sniffé. Pendant quelques secondes, R.A.S. La gueule de bois avait dû s'inviter au voyage. Et puis, vlan ! Le chœur des chérubins. Un rush qui est venu avec la nausée. J'ai senti mes pupilles se dilater. Putain ! J'avais plus mal nulle part. J'ai bondi dans ma chambre en marmonnant :

« La vie est belle ! »

Je me suis choisi un Levi's en velours délavé. Encore une lessive et c'était la poubelle. Un sweat avec le logo « Filthy McNasty's » — un cadeau du pub de Shane McGowan, à Islington. Jadis blanc, avant que je le lave avec une chemise bleu marine. Et une paire de grolles. Ensuite, une Marlboro, que j'ai allumée. Bette Davis et moi, on est restés fumeurs. Je suis redescendu au bar et j'ai avalé une gorgée de café. Parfait et âcre, comme la rumeur.

« Vachement efficace, ton collyre ! m'a lancé Jeff.

— Pourquoi tu dis ça ?

— T'as les yeux comme des lance-flammes. »

Cathy est arrivée :

« Ouille… ouille… ouille ! C'est fini, j'arrête le spritzers[1] ! »

Jeff lui a raconté l'histoire de Paula Yates.

1. Mélange de vin blanc et d'eau gazeuse.

« Oh ! la pauv' vieille ! » s'est-elle exclamée.

Un peu plus tard, elle s'est penchée vers moi et m'a demandé :

« C'est quoi, ce parfum ? Tu sens comme mon Jeff. »

Le naturel avec lequel elle se l'était approprié m'a carrément fait fondre.

J'ai fait un pas vers ma chaise et j'ai poussé un gros soupir. J'étais en bonne voie. À ce moment-là, la porte s'est ouverte et un grand type costaud a fait son entrée. Une grosse barbe noire, la force tranquille. Il s'est approché et m'a demandé :

« Je pourrais vous dire un mot en particulier ?

— Sûr.

— Non, pas ici. »

Un coup d'œil circulaire : c'est vrai que le pub n'était pas un paradis d'intimité. J'ai réussi à sourire :

« D'accord. Sortons dans la rue... »

Ses lèvres ont ébauché un frémissement, seul signe qu'il avait apprécié la plaisanterie. Rien qu'à voir ses mains, on comprenait qu'il avait bourlingué. L'air frais m'a flingué comme une crosse de hurling. J'ai trébuché et senti qu'une main me retenait.

« L'air frais, ça peut être une vraie saloperie. »

J'ai sorti mon paquet de clopes, m'en suis pris une et ai tenté d'allumer mon briquet. Sans succès.

« Merde ! »

Le type avait un costume sombre, une chemise blanche et un lacet de cuir en cravate. Il a fouillé dans sa poche de veste et en a sorti un Zippo, qu'il m'a tendu :

« Gardez-le. Moi, j'en ai plus l'usage.

— Mais c'est de l'argent massif...

— Bon, eh bien, on dira que c'est un prêt.

— Ça marche. »

Je me suis assis sur le rebord de la fenêtre :

« Qu'est-ce qui t'amène ?

— Vous me remettez ?

— Que dalle.

— Vous êtes bien sûr ?

— Oui. Je suis physionomiste.

— Sweeper, ça ne vous dit rien ? »

Je l'ai regardé. Il ne rigolait pas du tout.

« C'est pas pour te contredire, mais non, ça ne me dit rien.

— Et les *tinkers*[1], ça ne vous dit rien non plus ?

1. *Tinkers* (littéralement « rétameurs ») : terme plutôt péjoratif désignant, en Irlande, les *travellers* ou gens du voyage. Ces nomades, d'origine irlandaise, n'ont pas de racines communes avec les Roms, les Gitans ou les Tziganes. Aux colporteurs ou travailleurs itinérants qu'ils étaient à l'origine se sont joints les petits paysans, métayers et bannis de toute sorte, chassés de leurs terres à dater de la conquête de Cromwell, ou expulsés par les grands propriétaires terriens anglais ou écossais au moment de la Grande Famine de 1845. Depuis la partition de l'Irlande, les gouvernements successifs ont tenté de les sédentariser sans grand succès, du fait de la méfiance et de l'hostilité de la population à leur égard.

— Tu plaisantes ou quoi ?

— L'humour, c'est pas mon fort, monsieur Taylor.

— Dis-moi tu et appelle-moi Jack, s'il te plaît. Bon, alors, qu'est-ce que tu veux ?

— De l'aide.

— Je ne vois pas ce que je peux faire.

— T'as bien aidé Ann Henderson... »

Ce nom... Il m'avait pris au dépourvu. L'entendre m'a déchiré l'âme. Et ça devait se voir.

« Désolé ! Je ne voulais pas vous faire de peine, monsieur Taylor.

— Jack, j'te dis ! Appelle-moi Jack. »

J'ai balancé ma clope en l'air et l'ai suivie du regard jusqu'à sa chute.

« Écoute, Sweep... Bordel ! tu parles d'un nom… Je ne suis plus là-dedans, moi.

— Elle a dit que tu m'aiderais.

— Au temps pour elle... »

J'ai ébauché un mouvement de retrait. Il a tendu les mains vers moi :

« Putain, ils nous assassinent ! »

Ça, c'était le clou. Qui m'a sidéré. Je me suis retourné vers lui.

« Je sais que tu n'étais pas en Irlande, a-t-il dit. Mais en six mois, ils nous en ont tué quatre. »

Il s'est arrêté, le mépris dans les yeux, puis a repris :

« Les *gardaí* n'ont rien fait. J'ai été voir le surintendant, un dénommé Clancy. Tu sais qui c'est ? »

J'ai fait signe que oui.

« Pour eux, c'est juste des *tinkers*. Et, tout le monde le sait, les *tinkers* passent leur vie à s'entre-tuer.

— Mais qu'est ce que je peux faire, à ton avis ?

— Trouver.

— Trouver quoi ?

— Qui les tue et pourquoi. »

Les enfants de l'impasse

Patrick McGill

Finalement, je suis resté au Nestor's quelques jours de plus. Surtout parce que je n'arrivais pas à me bouger. Il était près de midi et je commençais à émerger. J'ai commandé une pinte en gueulant.

« C'est pas un peu tôt ? a dit Jeff.

– Putain ! mais j'ai ouvert les yeux à huit heures ! »

Il m'a lancé un regard :

« Ça, pour les avoir ouverts… »

Ça m'a énervé, j'ai craché :

« Laisse tomber ! »

Les représailles, ce n'est pas le genre de Jeff. Il m'a tiré une pinte.

« Qu'est-ce que t'as ? Y a le feu ? »

Je me suis détendu.

« Il serait temps que j'aille au Bailey's.

– Reste encore quelques jours. Ça fait plaisir à Cathy de te voir. »

Je l'ai regardé mettre un faux col à ma pinte avant de lancer :

« Et à toi, ça te fait quoi ?
– À moi ? Rien. Je suis ton copain, c'est tout. »

Vous avez quelque chose à répondre ? Moi pas. La porte s'est ouverte et Sweeper est entré. Costume bleu, chemise encore plus bleue, cravate en tricot. À part son anneau d'or à l'oreille, il aurait pu passer pour un *garda*. Ça me brûlait les lèvres de lui lancer une vanne du genre :

« Y aurait pas une cheminée à décrasser ? V'là Sweeper, le petit ramoneur. »

Au lieu de quoi, j'ai dit :

« Allez, viens boire quelque chose.
– Un soda. »

Jeff a précisé :

« Club Orange ?
– Oui, oui, c'est bon. »

On s'est mesuré du regard. Sweeper a avalé une bonne gorgée et croqué un glaçon entre ses solides dents blanches. Je l'ai questionné :

« Qu'est-ce qui te tracasse ?
– Tu cherches un logement ?
– Moi ? Non. J'en ai à revendre. »

Il a eu un sourire fugace.

« T'as l'esprit caustique.
– J'aime pas les ronds de jambe. »

Il a sorti un trousseau de clés et l'a posé sur la table :

« Hidden Valley, tu connais ?

– Et comment ! C'est là qu'habite John Arden.

– Qui ça ?

– Un type sélectionné pour le *Booker Prize*, un dramaturge de renom. »

Il m'a arrêté d'un geste :

« Oh ! moi, je ne suis pas très bouquins, Jack Taylor.

– Il n'est jamais trop tard.

– J'ai pas dit que j'étais analphabète. C'est pas ça que j'ai dit. »

Un éclair dans les yeux. J'ai pensé : « Déconne pas trop avec ce gars-là... »

Mais je l'ai fait :

« J'ai touché un point sensible ? »

Aucune réaction, sauf :

« Des gens de mon clan ont acheté une maison à Hidden Valley. Ils… euh... ils n'y ont jamais emménagé. Ça me plairait que tu la prennes. Elle est petite mais bien fichue.

– Et tu me la files en échange de mon aide ?

– Oui.

– Et si je ne trouve rien ?

– Tu as la maison pour six mois. »

Mon instinct me soufflait de lui dire :

« Non. »

Mais j'ai dit :

« Ça marche. »

J'ai pris les clés :

« Vas-y, raconte. »

Il a sorti un morceau de papier qu'il a posé devant moi :

3 janvier	Christy Flynn Óg père
19 février	Cionn Flaherty
2 avril	Seaneen Brown
9 juin	Blackie Ryan

« Tous morts ?

– Oui. On les a retrouvés à Fair Green, pas loin de la Simon Community[1].

– Comment ?

– Comment quoi ?

– Ils sont morts comment ?

– Le crâne défoncé à coups de marteau. »

Il s'est levé tout d'un coup et est allé au bar demander à Jeff :

« Un petit Jameson. Et une pinte, pour mon ami. »

J'ai regardé la liste. Du côté de l'âme, une certaine lassitude me susurrait :

« Laisse, t'en peux plus. »

Une phrase que j'avais entendue un jour m'est revenue en mémoire :

1. Organisation caritative, fondée à Londres en 1963 par Anton Wallich-Clifford, pour venir en aide aux personnes en difficulté et aux sans-abri. Elle a depuis essaimé dans toutes les îles Britanniques.

« S'il buvait, ce n'était pas à cause de sa propre noirceur, mais de celle des autres. »

Sweeper s'est retourné, interrogateur :

« Et pour le paiement ?

— Quoi ?

— Combien tu veux, en liquide ?

— Mais... je croyais que tu me filais une baraque ?

— Tu vas avoir besoin d'argent. Comme tout le monde. »

Rien à redire.

Il m'a tendu une grosse enveloppe bourrée de billets de banque.

« J'aurais préféré que tu me la passes par en dessous. »

Il ne comprenait pas. Il a fait :

« Je ne comprends pas.

— Mais si ! Un dessous-de-table, comme pour les députés... »

La blague n'était pas de son goût. Il a bu son Jameson à petites gorgées, comme un type déjà échaudé. Moi, le whiskey m'a brûlé plus souvent qu'à mon tour. On a échangé un regard et il a fait :

« Je suis obligé de me rationner.

— Oh ! c'est pas à moi qu'il faut dire ça.

— Je sais.

— Pardon ?

— Ann Henderson m'a parlé de ton souci. »

Bouillant de rage, j'ai explosé :

« Mon *souci* ? Elle a dit ça ? »

Il a eu un vague geste de la main, comme pour faire : bof...

« Chez nous, on a les mêmes soucis. »

Je n'ai pas relevé... Oh ! et puis merde !

C'était l'heure de faire mes paquets.

« Tu me laisses quelques minutes, que je me prépare ? »

À l'étage, j'ai fait mon sac et embarqué le flacon de Harley. Jeff sentait bon, par nature. Moi, en revanche, j'avais besoin de toutes les aides possibles... J'ai enfilé mon cuir londonien. Il craquait bien un peu, mais ça lui donnait un petit cachet particulier. Je suis redescendu au bar et j'ai tendu la main à Jeff :

« Ç'a été super.

— Où tu vas ? »

La sentinelle a levé la tête et crié :

« Y s'casse avec le *tinker* !

— Ho ! c'est bon ! » a fait Jeff en lui flanquant une taloche.

Sweeper a hoché la tête et est sorti du pub. J'ai dit :

« J'ai une baraque à Hidden Valley.

— Grâce à ce type-là ?

— Exact.

— C'est quoi, c't'entourloupe ?

— Je vais l'aider à résoudre un petit problème.

– Merde, Jack ! Je croyais que t'avais laissé tomber, après la dernière fois…

– Oui, mais, ce coup-ci, c'est pas pareil.

– Mouais... Toi, tu t'es pas arrangé ! Cathy ! Jack s'en va ! »

Elle est arrivée en courant.

« Oh ! Jack !

– Je serai juste à côté. Au coin de la rue, littéralement.

– Mais, j'avais un *fileumeu* ! »

C'est comme ça qu'elle l'a dit. Quand les Anglais jouent les autochtones, ils en rajoutent, côté accent...

« Quel film ?

– *Julien Donkey-Boy*, de Harmony Korine. »

Je lui ai lancé un regard vide. Elle a enchaîné :

« Dogme n° 6. Celui qu'a fait *Gummo*, tu te rappelles ?

– Euh… là, comme ça, non...

– Il faut absolument que tu voies ça, Jack ! Il se fout de la gueule de Lars von Trier. »

Jeff en pissait de rire derrière son comptoir. Même la sentinelle avait le sourire. J'ai décidé de parler vrai :

« Je n'ai pas compris un mot de ce que tu as dit. »

L'air accablé, elle m'a tendu un petit paquet. Avec le logo de Zhivago Records dessus.

« C'était pour te souhaiter la bienvenue... »

J'ai ouvert la pochette. Dedans, il y avait un C.D. : *You Win Again*, par Van Morrison et Linda Lewis. Rassemblant tout l'enthousiasme dont j'étais capable, j'ai marmonné :

« *Wow !* »

Rassérénée, elle s'est exclamée :

« J'étais sûre que ça te plairait ! Avant de partir, tu m'avais offert son album, tu te rappelles ? »

J'ai pensé :

« Pas du tout. »

J'ai dit :

« Sûr... »

Dehors, Sweeper a lancé :

« J'ai un van.

— T'es pas le seul ! »

C'était une Ford Transit, une véritable épave. Voyant ma réticence, il a fait :

« On a poussé le moteur. »

J'ai ouvert la portière et jeté mon sac sur la banquette. Le chanteur en costume blanc qui m'avait accueilli à mon arrivée m'a demandé :

« Z'auriez de quoi boire un thé, m'sieur ? »

Je lui ai tendu le C.D.

« C'est quoi, cette merde ?

— Pour renouveler ton répertoire... »

Je me suis fait arrêter dès mon premier soir à Hidden Valley. Ils sont venus me chercher à huit heures et m'ont tiré d'un bon petit somme. Je m'étais endormi devant la cheminée.

Hidden Valley descend en pente raide entre Prospect Hill et Headford Road. C'est une oasis de calme : une rareté dans une ville en pleine folie. Du haut de la colline, on aperçoit le Lough Corrib, en rêvant aux enfants qu'on n'a jamais eus. Au nord, c'est Bohermore. Au coin, Wood Quay et Roches Stores, le grand magasin. La maison était une construction moderne — deux pièces en bas, deux en haut. Avec — alléluia ! — du plancher et une cheminée en pierre. De gros fauteuils et un canapé, tous suédois. Même la bibliothèque était garnie.

« Le frigo et le congélateur sont pleins. Et y a de quoi boire dans le placard, a dit Sweeper.

— Tu m'attendais ?

— Nous, on attend toujours quelqu'un, Jack Taylor.

— Qu'est-ce que je peux dire ? Je te sers quelque chose ?

— Non, il faut que j'y aille. »

Un jour, j'ai lu une lettre que William Burroughs avait écrite à Allen Ginsberg :

> *J'ai été arrêté pour la première fois quand je me suis échoué, un radeau en balsa soupçonné d'avoir dérivé depuis le Pérou avec un jeune garçon et une brosse à dents (je voyage léger, juste l'essentiel). Un soir, après m'être injecté six ampoules de dolophine, l'ex-capitaine m'a retrouvé dans le hall, nu comme un ver, assis sur le siège des toilettes (que j'avais arraché à ses amarres) en train de jouer avec un seau d'eau en chantant* Deep in the Heart of Texas.

J'ai examiné ma nouvelle maison d'un coup d'œil circulaire en me disant : j'ai assez bien échoué... J'ai pris un long bain, rangé mes vêtements et farfouillé un peu partout. La cave à charbon était derrière la maison. J'ai allumé un bon feu. J'avais l'intention de m'asseoir quelques minutes en me laissant partir à la dérive. Des coups m'ont sorti du sommeil. J'ai tâtonné jusqu'à la porte, l'ai ouverte :

« Tiens, la police ! »

En uniforme. Dans les seize ans, à première vue. Et mauvais, avec ça.

Le premier a fait :

« Jack Taylor ?

— Comme si tu ne le savais pas. »

Le second a fait :

« Veuillez nous suivre.

— Pourquoi ? »

Le premier a souri :

« Pour nous aider dans nos investigations.

— J'ai le temps d'avaler un café ?

— J'ai bien peur que non. »

Le fourgon était garé juste devant la porte.

« Merci pour la discrétion, les gars ! ai-je dit. Moi qui voulais épater les voisins... »

Comme au cinéma, le flic m'a mis la main sur la tête pour me pousser sur la banquette arrière. On l'aurait presque cru attentionné. Il s'est arrangé pour me cogner la tête et a fait :

« Ooops ! »

Quand on est descendus de voiture à Mill Street, Mike Shocks, le photographe local, s'est précipité, en demandant :

« Qui c'est ? C'est quelqu'un de connu ?

— Naan, c'est personne. »

À l'intérieur, on m'a conduit à la salle des auditions. Je me suis frictionné les poignets comme s'ils m'avaient menotté. Au centre d'une table couverte de graffitis, un cendrier en métal était posé. Le logo disait : *Players, please.* J'ai secoué mon paquet de clopes, en ai sorti une et actionné le Zippo. Pris une bonne taffe et tenté de repérer où était la caméra. La porte s'est ouverte, Clancy est entré. Le surintendant Clancy. Putain ! On en avait vu de moches, tous les deux. Il était présent lors de l'incident qui m'avait coûté ma carrière. Il était maigre comme un coucou mouillé, à l'époque. Quand on était amis. Ensuite, pendant les événements qui avaient précédé mon exil, il avait agi comme un vrai salopard.

Il était paré de tous les attributs de sa fonction. Il avait pris un sale coup de vieux. Le visage cramoisi, des marbrures sur les joues. Le regard, pourtant, aussi acéré que jadis. Il m'a dit :

« T'es revenu...

— Bien vu.

— J'espérais qu'on ne te reverrait plus.

— Qu'est-ce que tu veux que je te dise, mon vieux ?

— J'espère juste que l'autre rigolo de Sutton ne va pas se repointer, lui aussi.

— Ça, ça m'étonnerait. »

Sutton était mort. C'était moi qui l'avais tué, moi, son meilleur ami. Crime avec « postméditation », pour ainsi dire. Clancy marchait derrière moi, suivant le bon vieux rituel d'intimidation. La règle numéro un de l'interrogatoire. Inconnue du manuel de la police, mais gravée dans les tables de sa loi.

« J'suis refait, patron. Je vais cracher le morceau. »

J'ai senti sa main prête à se lever. Je me suis raidi, attendant la baffe. Fausse alerte. J'ai sorti une autre clope, l'ai allumée.

« Qu'est-ce que tu magouilles avec les *tinkers* ?

— Avec *le tinker*.

— Joue pas à ça avec moi. Sinon, je t'envoie à Mountjoy d'un bon coup de pied au cul et t'auras pas le temps d'appeler ton avocat, tu peux me croire !

— Ah ! Tu veux parler de Sweeper ! »

Il était au bord de l'apoplexie :

« D'la racaille.

— À mon avis, il t'adore pas non plus. »

Il s'est affalé sur le bord de la table. Son pantalon remonté dévoilait une jambe blême et glabre au-dessus de ses chaussettes bleu marine. Il s'est penché à la hauteur de mon visage. Son haleine puait l'oignon.

« Écoute-moi, mon gars. T'approche pas de cette bande-là. »

J'ai écrasé ma clope et j'ai demandé :

« T'as pas l'intention d'ouvrir une enquête, pour les quatre assassinats ? »

Il avait de la bave au coin des lèvres :

« Putains de *tinkers* ! Ils passent leur temps à s'entre-tuer ! » a-t-il craché.

Il s'est levé, a réajusté sa tunique trop serrée :

« Allez, dégage !

— Je suis libre ?

— Fais gaffe où tu mets les pieds, mon gars ! »

Avant de passer la porte, je lui ai dit :

« Que Dieu te garde. »

En quittant Mill Street, j'ai pris la direction de Shop Street. Comme a dit Thom Yorke, du groupe Radiohead :

Tous les jours, on se dit : ouais, peut-être qu'on devrait s'arrêter. Peut-être que tout ça, c'est du vent, parce que tous les morceaux de musique qu'on a produits, qui nous ont rendus heureux, ont été vidés de leur signification. Une vraie chierie.

Je suis resté sur le pont un moment. De l'autre côté de l'eau, vers le Claddagh, j'apercevais la jetée de Nimmo. On n'avait jamais retrouvé le corps de Sutton. Maintenant, ses peintures étaient recherchées par les collectionneurs. Les Français ont un mot pour les mauvais rêves : ils appellent ça des *cauchemars*. Ça, c'est évocateur. Les rêves d'un alcoolique n'ont rien à envier aux cauchemars d'un ancien du Viêt Nam.

En fermant les yeux, on murmure : « Missile en approche »... et c'est pas de la rigolade. Au début, l'alcool agit comme la plus mordante ironie et les dissipe. Au moins, les souvenirs sont refoulés. Ensuite, évidemment, l'alcool les nourrit et met le feu aux poudres... et ce n'est pas de la poudre de riz. En irlandais, « rêve », ça se dit *broinglóidí*, un mot aux sonorités douces, suaves. Parmi les nombreux impossibles, c'est ce que le buveur cherche à retrouver. En vain. Je ne rêve jamais de Sutton. Certes, je pense à lui presque tous les jours, mais il se contente des heures diurnes. Dieu merci.

Il me fallait du Merton et une pinte. Pas nécessairement dans cet ordre-là. Je me suis dirigé vers chez Charlie Byrne, une librairie d'occasions. Enfin, *la* librairie... Tommy Kennedy, le bibliothécaire, m'avait initié à la lecture. Il me formait et nourrissait mon goût pour les livres. Il me parlait de Sylvia Beach. À Paris, au faîte de sa gloire, sa librairie accueillait :

JOYCE
HEMINGWAY
FITZGERALD
GERTRUDE STEIN
FORD MADDOX FORD

La voix de Tom Kennedy se teintait alors d'une intense nostalgie. En décrivant l'atmosphère quasi mythique de cette boutique, il parvenait à me faire sentir l'odeur de la Gauloise, l'arôme d'un café français. Comme j'étais jeune, je lui avais naturellement demandé :

« Vous y êtes déjà allé, monsieur Kennedy ? »

Le regard voilé de regret, il m'avait répondu :

« Non, non… Jamais. »

L'un de mes poèmes préférés est *Howl*[1], de Ginsberg. Ce qui n'a jamais surpris personne. À croire qu'on m'avait trop souvent entendu hurler. En rentrant de Londres, je l'avais gardé dans ma poche de veste. Avec un autre livre : *Le lévrier du ciel*, de Francis Thompson. C'était un ouvrage de collection, relié en vélin et doré sur tranche. Quand j'avais annoncé à Tommy Kennedy mon intention d'entrer dans la police, il avait été amèrement déçu. Et me l'avait offert comme cadeau d'adieu. Des nuits et des nuits de beuverie avaient souillé ce livre magnifique.

Charlie Byrne se rapproche de l'idéal de Tommy. Quelques années auparavant, j'étais allé flâner au rayon des polars. Il y avait dans la boutique un étudiant qui tenait dans les mains une belle édition américaine de Walt Whitman, dont il regardait l'étiquette d'un air dubitatif. En passant, Charlie lui avait lancé :

« Prenez-le !

1. *Hurlement.*

— Mais, j'ai pas de quoi.

— Bof ! On verra ça plus tard. »

ET PUIS...

... il lui avait tendu un recueil des *Poèmes* de Robert Frost, en ajoutant :

« Celui-là aussi, vous en aurez besoin. »

La classe.

Vinny Brown était en train de surfer sur Internet. Il a levé les yeux :

« T'es revenu... »

Charlie, Vinny et Anthony étaient les piliers de la boutique. J'avais fait découvrir Pelecanos à Charlie, qui, en échange, m'avait offert tout Harry Crews. Pour un Américain, Charlie a l'air d'avoir bien saisi l'atmosphère de Galway. Alors que moi, je n'y arrive pas. Il m'a demandé :

« Alors, c'était comment, Londres ? »

Ces derniers temps, j'avais laborieusement avancé dans *Londres : la biographie*, de Peter Ackroyd. En essayant de ne pas avoir l'air trop péteux, j'ai répondu :

« Londres est un labyrinthe de pierre et de chair, dédale dans lequel s'égare même le Londonien le plus aguerri... »

Il lui a fallu quelques secondes avant de lancer :

« Ackroyd ? »

Je ne sais rien des heureux hasards. Rien à voir avec l'atroce chanson de Sting. Moi, c'est de coïncidence que je veux parler. Quand Dieu baisse sa garde. Au rayon de littérature enfantine, il y avait une femme du voyage. Elle hésitait entre *Barney* et *Le lapin de velours*. À mon signe de tête, elle a répondu par une interrogation :

« Monsieur Taylor ? »

S'entendre appeler « monsieur », c'est irrésistible. Je lui ai demandé :

« Un problème ?

— On rejoue la finale de hurling, dimanche : Galway contre Kerry.

— Ah bon ?

— J'ai dit une prière pour qu'on batte les gars du Kerry. Vous croyez que c'est un péché ?

— Non. Contre le Kerry, moi aussi je vais aller allumer un cierge. »

Elle m'a regardé droit dans les yeux. Rien d'inquisiteur, tout de sincérité.

« Vous vous êtes laissé pousser la barbe.

— Oui.

— Ça vous va bien. »

Londres

Thomas Merton, dans son journal, écrit six mois avant son voyage en Asie :

Je me rends compte que j'ai un passé avec lequel je dois rompre — une accumulation d'inertie, d'erreurs, d'idiotie, de pourriture, de vieilleries. Un grand besoin de clarification, d'attention ou, plutôt, d'absence d'attention. Le besoin de retourner à une pratique authentique, au juste effort. Besoin d'aller plus avant dans le doute. Besoin de vie spirituelle. Se cramponner à la clarté.

Il est mort à Bangkok, électrocuté de façon insolite, à la moitié de son voyage.

L'aura des disparus.

À Londres, j'avais tendance à traîner avec les déchus. L'aura de ma déchéance déliquescente agissait comme les feux d'un phare sur les routards proches de la mort. Les ivrognes, les camés, les escrocs, les losers, les anges déchus. Venez à moi, vous les égarés, que je vous donne un nom. J'en fréquentais deux en particulier. Ils gravitaient à la marge de ce que je viens de dépeindre. Le sergent Keegan était un vrai porc. Et pire, il s'en vantait. D'une vague origine irlandaise, il opérait dans le sud-est de Londres, Brixton et Peckham étant ses terrains de chasse de prédilection.

Sectaire, fort en gueule et vulgaire, il était à deux doigts de se faire éjecter de la police.

Je buvais un verre quelque part sur Railton Road, cherchant à guérir une gueule de bois qui implorait de la coke. La clientèle était en majorité noire. Plus quelques Blancs, bien sûr, qui avaient mal tourné. Pour la gnôle, on avait le choix entre un rhum brun avec ou sans Coca. Les haut-parleurs diffusaient du Bob Marley à fond les décibels. Un gars avec des dreadlocks m'avait proposé de me vendre une Rolex. Je lui avais fait :

« L'heure, c'est pas mon truc.

— *Yo, man !* Tu la file'as à ta femme.

— Pas de femme. »

Il avait rejeté ses dreadlocks en arrière et s'était mis à chanter avec Bob *No Woman, No Cry*.

J'adore cette chanson.

À travers la fumée, par-dessus la musique, j'avais entendu une sorte de hennissement. J'ai regardé derrière mon épaule et j'ai vu un grand balèze qui dépassait tous les autres d'une tête. Sa veste était par terre, à ses pieds, et son gros bide avait fait sauter les boutons de sa chemise. Il avait le visage écarlate, ruisselant de sueur. Il racontait une blague en gesticulant de manière obscène.

« Péquenaud ! » j'ai marmonné.

Sans doute plus fort que je le voulais, car le gars aux dreadlocks m'a entendu et a fait :

« *Yo !* T'app'oche pas t'op p'ès d'ce gars-là. »

J'avais un rhum de trop pour m'en faire. J'ai demandé :

« Pourquoi ça ?

– C'est Keegan, un v'ai fouteu' de me'de.

– Pour moi, c'est rien qu'une belle enflure. »

Il m'a regardé droit dans les yeux :

« Ouh… toi, t'es i'landais, mec... »

Et il s'est cassé. J'ai commandé un autre verre. Un poil trop sucré à mon goût, mais il m'a glissé dans le gosier comme un mensonge bien huilé. Je me suis tourné vers Keegan. Voilà qu'il chantait, maintenant : *Living Next Door to Alice*. Pas de doute, j'avais entendu le mot « pompier » dans la chanson, ce qui n'est pas un mince exploit, encore que totalement inutile. Je me suis dit : « De deux choses l'une, ou il est flic, ou il est dealer. » Non pas que les deux soient incompatibles.

Je tentais de me remémorer intérieurement les paroles de *Philosopher's Stone*. (Plus tard, dans ma piaule minable, je m'essaierais à la version de Marianne Faithful de *Madame George*. Une chanson qui vous remue les tripes.)

Soudain, vlan ! un coup d'épaule. J'en ai renversé mon verre.

J'ai fait :

« C'est quoi, ce bord… ? »

Et entendu :

« Désolé, vieux. »

Me suis retourné, face à Keegan. Désolé ? Tu parles ! Il avait plutôt l'air de me dire : « J't'emmerde. » Il m'a lancé un regard noir, a réfléchi quelques secondes, puis :

« T'es flic, toi...

— Non. J'étais.

— Un flic irlandais. Ben, ça, putain... la *Garda Chikini*.

— *Síochana*.

— De quoi ?

— Ta prononciation, elle est à chier. »

Pendant un horrible instant, j'ai cru qu'il allait m'embrasser. J'ai vu, dans ses yeux, l'idée le caresser, puis disparaître. Il a fait :

« Je les adore, ces bouseux d'Irlandais — enfin, certains d'entre eux...

— Comment ça se fait ? »

Il est parti d'un rire tonitruant. Des têtes se sont tournées, puis détournées. Tout en lui gueulait la bête, le beauf', la feignasse. Sauf qu'avec son rire on lui pardonnait bien des choses : il partait de très loin et charriait quelques traces de labeur et de peine. Il a fait :

« Une fois, je suis allé à Galway, pour les courses, mais j'ai pas vu un seul putain de canasson...

— Je suis natif de Galway.

— Tu me fais marcher, là... »

Personne ne se dit « natif de Galway ». Soit on est de Galway, soit on ne l'est pas... Je savais que je pouvais arrêter toute la comédie d'un coup en disant :

« Les Anglais, on peut pas les saquer. »

C'était peut-être à cause de son rire, ou du rhum, ou de Brixton, mais je lui ai tendu la main en disant :

« Je m'appelle Jack Taylor. »

Il l'a secouée :

« Keegan.

— Tout court ?

— Sauf si tu tiens à ajouter "sergent"... »

Il a sifflé une nana qui passait. Elle s'est approchée d'un pas glissant. Même imbibé de rhum, impossible de la trouver jolie. Mais sexy, si. Et par tous les pores. Il lui a posé la main sur le cul en demandant :

« Comment tu t'appelles, déjà, ma poule ?

— Rhoda.

— Rhoda, je te présente Jack Taylor, un agent secret de la police irlandaise. »

Elle a fait un large sourire. Elle les connaissait toutes, ces phrases éculées proférées par des hommes au bout du rouleau. Il lui a collé une tape sur les fesses :

« Va te repoudrer le nez, ma poule. On cause entre hommes. »

Il l'a regardée partir et m'a demandé :

« Alors, Jack... ça te dirait de la sauter ? »

Londres n'est pas loin d'offrir tout ce qu'on peut désirer. De New York, E. B. White a dit : « En plus de tout le reste, New York vous offre encore l'occasion d'avoir de la chance. »

Si Londres ne produit pas tout à fait le même effet, elle s'en rapproche. On est surpris à chaque coin de rue. Moi, ce que je voulais, c'était y parfaire mon éducation.

Mes lectures étaient boulimiques, sinon exhaustives et éclectiques. Et je voulais leur donner forme. Je me suis inscrit à des cours du soir, au London College. Littérature et philosophie. La barbe, je l'avais déjà. Je me suis dégotté une écharpe à Oxfam, et me voilà étudiant. Peut-être pas le plus âgé, mais à coup sûr le plus déglingué.

Londres en novembre, c'est duraille. En remontant Ladbroke Grove avec ce vent qui vous hurle dans les oreilles, vous vous les gelez. Et ma studette, c'était le summum du misérabilisme. Un lit, une chaise, un radiateur électrique et une douche. Oh ! et puis, oui, une plaque chauffante. Et du papier peint velours. Sans rigoler. Pour parfaire l'ambiance, je lisais *Hangover Square* de Patrick Hamilton. Plongé dans la sinistrose. Écoutez plutôt : « Ceux que Dieu a abandonnés se retrouvent avec un poêle à gaz dans un meublé d'Earls Court. » J'aurais très bien pu atterrir à Earls Court...

Il existe en irlandais un mot magique : *sneachta.* Ça se prononce « chnerta », en insistant sur la gutturale. Et ça veut dire « neige ». Le premier soir où je suis allé à mes cours, il y en avait un paquet. Une neige dure et impitoyable. J'avais un 501 noir, un thermolactyl, des godasses de chantier, une chemise de flanelle et un blouson en jean. Par-dessus le tout, mon manteau en cuir et un bonnet de quart. Et j'avais froid quand même. Vous vous rappelez, dans *Capitaine Furillo*, la série télé, le flic en civil qui gueulait « Ordure ! » à tous les criminels ? Eh ben, c'était ce à quoi je ressemblais... Pas bien séduisant, peut-être, mais j'ai pourtant fait mouche. Du moins, c'est ce que j'ai cru. C'était à mille lieues de mes préoccupations. À Galway, Ann Henderson m'avait brisé le cœur. Je ne pensais plus avoir assez la pêche pour m'intéresser à une autre femme.

Le prof était un connard. Barbu, lui aussi. Il

nous traitait comme de la merde. Pour ce que j'en avais à faire... Il en avait plein la bouche, de Trollope, et j'ai vite décroché. Au moins, il faisait chaud. J'avais repéré une brune à ma gauche. Une petite quarantaine, le visage énergique, le teint diaphane. Sous sa grosse parka, je devinais un corps généreux. Elle avait accroché mon regard et l'avait soutenu un instant. Une fois le cours fini, le type nous a tendu une feuille de consignes. Elle s'est tournée vers moi et m'a dit :

« *Guten Tag, Gedichte und Briefe zweisprachig.*

— Pardon ?

— Emily Dickinson, les poèmes...

— Je vous crois sur parole. »

Elle m'a tendu la main :

« Kiki. »

Penser Kiki Dee, c'est trahir immédiatement son âge. J'ai fait :

« Jack Taylor.

— Alors, Jack Taylor, vous m'accompagnez boire un verre ?

— Je vais faire un effort. »

Elle avait l'accent d'une Européenne qui aurait appris l'anglais en Amérique. Pas désagréable.

Les pubs anglais ont une certaine noblesse. Rien à voir avec la variété irlandaise. Ça m'emmerde de devoir l'admettre, mais ils sont *cosy*. Après tout, ce sont les Anglais qui, dans la même veine sémantique, ont forgé un autre mot qui suggère le même confort douillet : *snug*. Recroquevillés contre le froid, on a fait le chemin sans échanger un mot. Une fois dans le pub, on s'est dégelés. Dans tous les sens du terme. Debout devant la cheminée, elle a commencé à se défaire. Et moi à me dépêtrer. Je ne m'étais pas fait une seule ligne depuis cinq jours. Pas par abstinence, mais parce que mon dealer s'était fait choper. Si je reniflais, ça n'avait donc rien à voir avec la température extérieure. J'étais gelé, au-dedans comme au-dehors.

« Qu'est-ce qu'on prend ?

— Oh ! des grogs. Je suis correcte ?

— Ça vous arrive ? »

Le patron était un vrai alcoolo. Comment ça se voyait ? Le visage soufflé, le costard fatigué, les doigts boudinés par de grosses chevalières avec des *sovereigns*. Il a beuglé :

« Excellente soirée, monsieur.

— Euhhh, bon... on va prendre deux grogs. Des grands, s'il vous plaît. Oh ! et resservez-vous donc la même chose. »

Boire pendant le service : c'est ce qui fait la beauté du système anglais. Moi, c'est ce qui m'avait coûté ma carrière. Il s'est versé un grand cognac :

« J'ai rien contre. »

Kiki était quasiment assise dans la cheminée. Je lui ai dit :

« T'es chaude.

— Que tu crois. »

J'ai passé l'âge des folles parties de jambes en l'air. Mais, à cet instant précis et dans ce lieu exactement, j'ai senti comme un petit goût de revenez-y. Je lui ai tendu son verre :

« *Sláinte !*

— Pardon ?

— C'est de l'irlandais.

— Quel joli mot ! »

D'habitude, je respecte le whiskey. Ni glaçons ni eau. Je le bois sec. Mais ces grogs étaient superbons. On en a pris une seconde tournée et j'ai senti la chaleur me descendre jusqu'au bout des orteils. Je lui ai demandé :

« Tu es d'où ?

— De Hambourg. »

Je suis sûr qu'il existe une réplique adéquate, sinon spirituelle, mais impossible de la retrouver. J'avais l'esprit bloqué sur la phrase de John Cleese, dans *Fawlty Towers* : « Chut ! Pas un mot sur la guerre ! » J'ai fait :

« Ah ! »

Elle m'a dévisagé avec attention :

« Cinquante-trois.

— Quoi ?

– Tu as cinquante-trois ans. »

J'entendais, derrière, la phrase en allemand.

« Non, quarante-neuf. »

Elle ne m'a pas cru. Et là, il m'est arrivé quelque chose de réellement étrange. Dans ma tête, les Furey Brothers chantaient *When You Were Sweet Sixteen*. Et pas juste une bribe. La chanson en entier. Pendant un certain temps, ç'a couvert tout le reste. Je voyais Kiki remuer les lèvres, mais je ne captais rien. J'ai secoué la tête, ça s'est envolé. Elle me disait :

« Voulez-vous coucher afec moi ? »

Un autre *tinker* s'est fait assassiner. J'avais dormi tard et je me suis réveillé complètement à la masse. Mais j'étais où, putain ? Lit confortable, chambre propre, rideaux en chintz. Hidden Valley... Merde ! J'étais devenu proprio. Ça n'était pas pour me déplaire. J'ai pris une bonne douche. Ma gueule de bois restait tolérable, j'avais pas à me plaindre. J'ai enfilé un survêt', un sweat « Brixton Academy ». Et pieds nus, pour bien profiter du parquet. Me suis fait des œufs au plat et, en prime, du vrai café. La cuisine embaumait. Je m'étais inondé de Harley, tout baignait.

J'ai allumé la radio. Une émission avec du bon vieux rock : Chicago, Supertramp. Ça m'a remué.

Coup de sonnette. Je suis allé ouvrir : Sweeper. Le visage rouge de colère. Il a crié :

« T'as entendu ?

— Entendu quoi ?

— Ils en ont encore tué un.

— Nom de Dieu ! »

Il est entré comme un ouragan. J'ai fermé la porte, résolu à me conduire avec prudence. Il regardait mes œufs d'un œil fixe.

« Je te sers quelque chose ?

— Du thé, s'il te plaît. »

Il a pris un siège et sorti une cigarette. Pas un paquet, juste une clope à moitié écrabouillée. Je lui ai passé le Zippo et il a fait :

« Il m'a fallu six mois, pour arrêter. »

Et il l'a allumée. Je lui ai fait son thé, m'en suis allumé une. Mes œufs étaient tout figés.

« Je t'ai gâché ton petit déjeuner.

— T'inquiète. J'aime pas les œufs. »

Je n'ai pas posé de questions, je l'ai laissé venir :

« Sean Nos, c'était mon neveu. C'est moi qui lui ai acheté son premier van. Hier soir, on l'a retrouvé, nu, à Fair Green. La main coupée.

— Bon Dieu !

— Ils l'ont laissé se vider de son sang. »

Il s'est baissé et a allongé le bras vers un sac Adidas. Que je n'avais pas remarqué. Il l'a fait glisser vers moi :

« Ouvre-le.

— Non, j'y tiens pas.

— Ouvre-le, Jack Taylor. »

Je me suis accroupi. J'ai pris une profonde inspiration et tiré la fermeture éclair. Une main ensanglantée. Maudit métier... Même si j'avais l'estomac retourné, ma mécanique mentale fonctionnait parfaitement. Des ongles propres, une grosse alliance à l'annulaire, des poils noirs près de cette atroce coupure. Je me suis relevé et la cuisine s'est mise à tourner. J'ai pivoté, ai ouvert le robinet d'eau froide et me suis collé la tête dessous. Je ne sais pas pendant combien de temps. Sweeper m'a tendu une serviette et m'a demandé :

« Tu veux boire quelque chose ? »

J'ai accepté. J'ai constaté que le sac était refermé et posé près de sa chaise. Sweeper m'a mis un mug dans la main. J'ai avalé une gorgée. Du cognac... La dernière fois que j'en avais bu, je m'étais retrouvé à l'hôpital psychiatrique de Ballinasloe. Si j'arrivais à monter à l'étage, je pourrais me faire une ligne de coke. Non, bordel, tout un paquet ! La chaleur m'a envahi l'estomac et je me suis senti gagné par un apaisement artificiel. Sweeper a sorti une de mes cigarettes du paquet et me l'a glissée entre les lèvres.

« O.K. Merci, ça va. »

Il a refait du thé, puis :

« Quelqu'un a déposé le sac devant ma porte. Un de mes gosses aurait pu l'ouvrir. »

Je savais que c'était un coup pour rien, mais j'ai quand même risqué :

« Et les *gardaí*, tu les as prévenus ? »

Il a sifflé entre ses dents, comme s'il envoyait un crachat sonore, et m'a demandé :

« Sauf erreur, tu as vu leur chef toi-même, pas plus tard qu'hier, non ?

— Comment tu sais ça ?

— Tu travailles pour moi. Ça me regarde de savoir comment tu mènes ton enquête. »

Le « tu travailles pour moi » m'est resté en travers de la gorge. C'était ma meilleure chance de mettre les choses au point. J'ai posé mon mug :

« Autant mettre les cartes sur la table, mon vieux. Moi, je te donne un coup de main. Je ne travaille pas pour toi, t'es pas mon patron. Je ne suis pas ton employé. On est d'accord ? »

Il a esquissé un sourire :

« Tu es un homme fier, Jack Taylor. Et la fierté, je comprends ça. Tiens, prends ! »

Il a sorti un paquet enveloppé dans des chiffons. J'ai dit :

« Défais-le, toi. »

Il s'est exécuté. C'était un Browning 9 mm Hi-Power. Il m'a expliqué :

« Tu vois ça ? C'est le déclencheur. »

Un petit geste de la main et le chargeur est sorti. Il a poursuivi :

« Il tire treize balles. Il y en a une dans la chambre. Et ça, c'est la sûreté. Pour vérifier qu'elle est mise, tu relèves le chien. »

Il a posé le flingue sur la table. J'ai demandé :

« Et je suis censé en faire quoi, exactement ?

– Te protéger.

– Non, merci. Moi, les flingues, j'y touche pas. »

Il l'a remballé, est allé vers l'évier et a ouvert le placard, en dessous. Il l'a glissé derrière les tuyaux :

« On ne sait jamais.

– Tu as une idée de qui pourrait bien vous en vouloir ?

– T'as qu'à regarder les infos. Les *tinkers*, tout le monde les déteste.

– Merci pour le tuyau. »

Il me fallait un costard et un fournisseur. Oxfam, c'est devenu top branché. Une fois, à Londres, je suis allé dans une de leurs boutiques, sur High Street Kensington. Les vestes étaient attachées avec des chaînes, comme dans le magasin le plus parano de Regent Street. Et puis quoi encore ? Merci, très peu pour moi... Je suis allé chez un concurrent, Age Concern, où j'ai trouvé un costume bleu foncé. Il avait l'air un peu grand, mais je savais comment gagner une taille. Suffirait de m'armer et ça irait. Il coûtait cinq livres, avec une chemise bleu marine et une cravate en worsted. La vendeuse — anglaise, naturellement — m'a dit :

« Je suis désolée que ça soit si cher.

— Vous êtes sérieuse ? »

Elle l'était.

« Il est tout neuf, voyez, alors on l'a un peu augmenté. »

J'ai réfléchi. D'accord, elle était anglaise, mais l'humour, normalement, ils connaissent...

« C'est du vol. »

Large sourire. Puis :

« Attendez, je vais vous offrir un mouchoir neuf avec.

— Ma coupe déborde. »

Des chaussures, j'en avais. Kiki m'avait acheté une paire de Weejuns. Bon, il était plus que temps de dégoter ma dose. J'étais malade d'en arriver là, mais c'est le diable qui mène la danse. J'ai téléphoné à Cathy. Elle m'a répondu d'une voix enjouée :

« Jack !

— J'ai besoin d'un coup de main, ma jolie.

— Bien sûr, Jack. Qu'est-ce que tu veux ?

— Un nom.

— Oh ! Jack... »

Elle avait compris. Elle était passée par les mêmes tourments, j'imagine. J'ai fait, d'une voix implorante :

« Je suis mal, Cathy. »

J'ai attendu. Que faire d'autre ? Debout dans une cabine téléphonique, la main agrippée au revers de mon costume bleu, comme un flic en vacances. Puis :

« Stewart. »

Et elle m'a donné l'adresse.

« Il sera chez lui ?

— Il est toujours chez lui. »

Clic ! Le combiné était muet. Elle n'en parlerait pas à Jeff mais, question amitié, j'avais franchi la limite. On y survivrait. Mais je l'avais sérieusement ternie. Je me suis rendu à l'adresse indiquée, non loin du canal. La maison avait l'air normale. Pas d'enseigne proclamant « Dealer ». J'ai sonné. Quelqu'un est venu ouvrir. Un employé de banque. Du moins, il en avait le regard avide.

« Stewart ?

– Cathy m'a prévenu, entrez. »

Un salon sans histoire. Pas d'envols de canards sur les murs, mais ça n'en était pas loin. Un cadre avec le poème *Desiderata*, de Max Ehrmann. Stewart a fait :

« Je vous offre quelque chose ?

– Oui, un gramme de coke. »

Rire poli. Il a donc fallu que je demande :

« Vous ne travailleriez pas à la Bank of Ireland, par hasard ?

– Pas vraiment. Mais votre tête me dit quelque chose.

– Ah bon ?

– Jack Taylor, l'ex-flic... On a parlé de vous dans les journaux, l'an dernier.

– Stew, on en est où, question coke ? »

Il m'a prié de l'excuser et est revenu avec une enveloppe marron. Comme celles dont le pays est submergé.

« Y en a un et demi.
— Parfait. Qu'est-ce que ça va me coûter ? »
Un paquet. En me raccompagnant, il a fait :
« Revenez quand vous voulez. »

Arrêté municipal de la ville de Londres
L'accès du cimetière est formellement interdit aux nomades, colporteurs, mendiants, repris de justice ou vagabonds.

[illegible]

[illegible] du visage où les [illegible] c'est leur âme qu'elles lacèrent. D[illegible] Thomas y aurait vu

L'enterrement était impressionnant, probablement le plus important que j'aie jamais vu. Et Dieu sait qu'en la matière je m'y connais. Il m'arrive même de me prendre, moi aussi, pour un vieux cimetière rempli de cercueils. Mais l'enterrement d'un *tinker* est quelque chose d'unique. Un défi à la rationalité. S'il est vrai que la vie ne vaut que par le moment où on la quitte, alors les *tinkers* marquent sur tous les fronts. Des expressions comme « le clou du spectacle », « le summum », « le *nec plus ultra* » restent très loin du compte. Primo, il faut savoir qu'ils ne regardent pas à la dépense. Deuxio, jamais vous n'assisterez à une telle manifestation de désespoir. On dit que les pleureuses arabes détiennent le record en matière de démonstrations publiques. Mais les femmes du voyage les battent de cent coudées. Ce n'est pas tant leurs vêtements qu'elles déchirent, c'est leur âme qu'elles lacèrent. Dylan Thomas y aurait vu l'incarnation de la rage contre la mort de la lumière qu'il a décrite dans son poème[1].

À mon grand soulagement, ça se passait au cimetière de Bohermore, où aucun des membres de ma famille n'est enterré. Nous, on est posés à Rahoon, avec l'amoureux de Nora Barnacle[2]. Un de ces quatre, il faudrait que j'aille leur rendre visite.

De nos jours, on ne suit plus le catafalque à pied. Mais cette fois, si. Sweeper est venu vers moi :

« J'ai une voiture.

— Non, je préfère marcher. »

Il était enchanté. Devant la tombe, divers hommes du voyage m'ont serré la main, sont venus me taper sur l'épaule. La rumeur m'avait décrit comme un type correct. Ni sédentaire ni *tinker*, j'étais assez marginal pour qu'ils m'acceptent. Ils m'ont dit :

« Dieu vous bénisse, monsieur, et grand merci pour tout ce que vous faites. Que la Sainte Mère protège tout ce qui vous est cher. »

Tel que. La voix même de la générosité. Grâce à la dope, je ne ressentais aucune dou-

1. Allusion au poème que Dylan Thomas a écrit après la mort de son père : *Do Not Go Gentle into That Good Night.*

2. Michael Bodkin, amoureux de Nora Barnacle, la future femme de James Joyce, mort à vingt ans d'une tuberculose. (Joyce évoquera l'épisode dans sa nouvelle *The Dead*, que John Huston a portée à l'écran.)

leur. En errant parmi les tombes, je suis tombé sur :

TOMMY KENNEDY
BIBLIOTHÉCAIRE
1938-1989

Mon Dieu ! Dangereusement proche de l'âge que j'avais maintenant. Si, moi, je ne crois pas aux présages, la coke, si. J'ai été pris d'un frisson incontrôlé et n'ai pas entendu Sweeper arriver par-derrière.

« Jack. »

J'ai fait un bond de cinquante centimètres. Il a indiqué la tombe du menton :

« Pour nous autres, il était un ami.

— Pour moi aussi.

— Les meilleurs partent toujours les premiers.

— Malheureusement. »

Il m'a lancé un regard de compassion presque absolue. Ce que font rarement les mecs. Ça, on connaît pas. Je n'avais même pas envie d'essayer de deviner ce qu'il pensait de moi.

« Après, il y a une petite réception à l'hôtel, a-t-il fait.

— Merci, j'y serai.

— Je le sais bien, Jack. »

Sur ce, il est parti. J'ai posé une main tremblante sur la stèle de Tommy. Peu d'hommes m'ont manifesté une telle gentillesse et transmis autant de choses. Une fois à l'école de police de Templemore, je l'avais totalement oublié. Pour mon éternel remords, il était mort depuis deux ans quand je l'ai appris. Dieu me le pardonnera peut-être, c'est son fonds de commerce. Moi pas. Le prêtre qui officiait était ma bonne vieille Némésis : le père Malachy. Un ami de ma mère, qui me haïssait cordialement. Il fumait des Major, ces cigarettes qui ont connu une brève heure de gloire parce que Robbie Coltrane en fumait dans *Cracker*. De vrais clous de cercueil, plus forts que du *poitín*[1] et deux fois plus mortels. Il avait pris un sacré coup de vieux — comme tous les fumeurs, non ? Il s'est approché de moi :

« T'es revenu.

— Exact.

— Je serais prêt à tuer pour une cigarette.

— Vous avez arrêté ?

— Seigneur Dieu, non ! Je les ai oubliées à la sacristie. Les enfants de chœur vont me les piquer. »

Je lui ai passé le paquet rouge. Il m'a lancé un regard perçant.

« Tu as commencé quand ?

1. Whiskey maison, fabriqué et vendu clandestinement. Sa qualité varie… du meilleur au pire !

— Excusez-moi, mon père, mais vous en voulez une, oui ou non ? »

Il en voulait. Il en a pris une et arraché le filtre. Je lui ai donné du feu. Il s'est rempli les poumons et s'est exclamé :

« Putain !

— C'est du joli, pour un curé.

— Je déteste ces trucs-là.

— Z'avez qu'à arrêter.

— Mais non, pas les cigarettes ! Les enterrements ! Surtout la foule.

— Tous des enfants de Dieu, pourtant... »

Il a balancé sa clope et craché :

« Les *tinkers* ne sont les enfants de personne. »

Et il a disparu, avant même que je puisse réagir.

Inutile de dire que j'étais le premier arrivé à l'hôtel. Comme l'a déclaré quelqu'un qui vaut bien mieux que moi :

« Quelle riche idée ils ont eue, d'admettre les *tinkers* ! »

Ces derniers temps, les *tinkers* avaient riposté et redressé la tête. Après des années de discrimination, ils avaient gagné des procès contre des pubs dont on leur refusait l'entrée. Les patrons de pubs avaient même dû se regrouper. Vu qu'ils m'ont viré de la plupart des bars, ce n'est pas eux qui me tireraient une larme. Je me suis dirigé vers le comptoir. Le barman avait quelque chose de Robbie Williams. J'espérais seulement qu'il se conduisait différemment.

« Bonjour, monsieur, m'a-t-il dit, vous faites partie du convoi mortuaire ?

– Effectivement.

– Alors, vous pouvez boire gratis jusqu'à deux heures et demie. Qu'est-ce que je peux vous servir ?

– Une pinte, et un Jameson en guise de pousse-bière.

– Si monsieur veut bien aller s'asseoir, je les lui apporte. »

Je me suis mis à grignoter des cacahuètes. Bizarrement, j'ai pensé à deux écrivains que Tommy Kennedy m'avait fait découvrir. Walter Macken, l'indémodable, et Paul Smith. Il fut un temps où j'avais sur mon étagère *Esther's Altar*, *The Stubborn Season* et mon triste favori, *Summer Sang in Me*. Assez récemment, j'avais trouvé *The Countrywoman* dans une bibliothèque de Lambeth. C'est un roman publié en 1961 et qui, à mon avis, est largement supérieur à *Strumpet City* ou aux *Cendres d'Angela*. Grâce à Paul Smith, j'avais découvert Edna St. Vincent Millay – un superbonus. Le barman m'a apporté les verres.

« À votre santé.

– Si vous le dites. »

La pinte était une des meilleures que j'aie jamais bues. Il faut donner raison à Flann O'Brien : « Une pinte de bière, et rien d'autre. »

Celle-là m'a fait passer la cocaïne comme un vrai petit Jésus. Quand j'étais jeune policier, j'étais allé voir Eamonn Morrissey dans *The Brother* et étais supposé voir Jack McGowran dans *En attendant Godot*. Je m'étais bourré la gueule à la place. Quelle erreur... J'ai avalé une gorgée de Jameson, ce qui m'a presque projeté jusqu'au septième ciel. Les gens du voyage commençaient à arriver par petits groupes. Sweeper s'est approché :

« Ne reste pas tout seul.

– C'est un ordre ? Dis-moi, la main, qu'est-ce que tu en as fait ?

– Je l'ai enterrée. »

J'ai avalé une autre bonne rasade. Une sacrée brûlure, et qui m'a fait du bien. L'endroit était en pleine effervescence, maintenant. J'ai remarqué :

« Y a du beau monde...

– Nous, on honore les nôtres. Personne ne le fera à notre place.

– Ne le prends pas mal, Sweeper, mais il faut que je sache comment vous appeler.

– Je ne vois pas ce que tu veux dire.

– *Tinkers*, nomades, Romanos, gens du voyage… Alors ? Moi, *tinkers*, ça ne me plaît pas des masses...

— C'est comme ça qu'on nous appelle.

— C'est pas ce que je t'ai demandé. Comment je dois dire, moi ?

— Les clans.

— Ça, ça me plaît. »

Il a eu un regard venu de très, très loin.

« Après la Grande Famine, quand les clans se brouillaient, ils mettaient le feu à leurs habitations respectives, alors on s'est fait chasser de partout. »

On l'appelait de plusieurs endroits et il s'est ressaisi :

« Faut que j'y aille.

— Retrouver les clans... »

Il a esquissé un sourire. J'ai bu un autre verre et je me suis rendu compte que je me trouvais bien en leur compagnie. J'aurais pu avaler un tonneau, mais il fallait que je donne l'impression de me contrôler. Je me suis dit :

« L'affaire est claire. Un seul problème reste à résoudre : trouver qui et pourquoi. »

En finissant mon whiskey, j'ai songé :

« Et puis merde pour le qui. C'est le pourquoi qui m'intéresse. »

Je me suis retrouvé à Fair Green. Au nord, il y avait le refuge de la Simon Community. Je n'étais qu'à quelques verres d'y prendre une couchette. S'ils m'acceptaient... Derrière moi, l'appel des clans. Et Dieu sait qu'ils me faisaient signe, m'imploraient, m'attiraient :

« Allez, reviens, défonce-toi ! T'inquiète, on veillera sur toi. »

Ça, j'étais sûr qu'ils le feraient. Veiller sur moi, je veux dire. Tout naturellement, j'ai mis cap à l'est et je suis passé devant au moins quatre pubs où, sans être le bienvenu, on m'aurait du moins toléré. On ne peut pas dire mieux. C'est toujours pareil quand j'ai descendu une certaine dose d'alcool : j'ai faim. Mais d'une seule chose : de frites enveloppées dans du papier journal et baignant dans le vinaigre, qui exhalent un parfum céleste — mais à doses mesurées, quand même.

Regret de l'enfance que j'aurais aimé avoir. Quand j'étais môme, la plus grande consolation, c'était l'idée qu'on allait manger des frites le vendredi soir. Pas d'école pendant le weekend, un match le dimanche, et cinq sous pour aller à la baraque à frites. Quand enfin le moment arrivait, on n'était presque jamais déçu. On cavalait jusqu'à la friterie, on faisait la queue en se remplissant les poumons de cet arôme magique où se mêlent la graisse chaude et le vinaigre de malt. On en tombait presque dans les pommes, à force d'attendre. Enfin, votre tour venait et c'était à vous de passer la commande.

« Une portion à emporter, avec du sel et du vinaigre. »

Les frites arrivaient, enveloppées dans du journal, trop chaudes pour qu'on puisse les manger tout de suite. Alors, on plongeait les narines dedans, rien que pour l'odeur. Au moment des grandes résolutions, on se jurait de se nourrir exclusivement de frites quand on serait grand. Si je déteste tant les fast-foods, c'est qu'ils privent les enfants du mystère de la baraque à frites. À Bohermore, il reste encore un endroit où l'on vend des portions, et c'est là que je suis allé m'en acheter. J'ai longé St. Bridget's Terrace, le paquet brûlant dans les mains. Puis j'ai traversé là où on a construit tous ces immeubles de luxe, et je suis arrivé en haut de la montée. Juste au-dessus de Hidden Valley, là où le Lough Corrib s'étale devant vos yeux sur toute son étendue. Le soir, les lumières de l'université se reflètent sur l'eau et font naître une affreuse nostalgie. Mais de quoi ?

Je ne le sais toujours pas.

Arrivé à la maison, j'ai, comme d'hab', fouillé mes poches pour trouver mes clés. J'ai entendu :

« Excusez-moi... »

En me retournant, j'ai vu une barre de fer me tomber sur la tronche, senti mes dents se briser et entendu une voix qui disait :

« Amène-le dans la ruelle. »

Elle longe la maison. On m'y a tiré, ensuite j'ai reçu un violent coup de pied en plein dans les roustons. Ça a fait remonter les frites et l'alcool. J'ai entendu :

« Putain, il m'a dégueulé dessus, ce salaud !

— Pète-lui le nez. »

Ce qui a été fait, d'un coup de barre de fer. J'étais K.O., effondré comme un tas de linge sale le long du mur. Une voix m'a glissé à l'oreille :

« T'aimes ça, glander avec les *tinkers*, hein ? »

Il a pris une inspiration et m'a filé un dernier coup de pied dans la tête. J'ai perdu connaissance. Je suis revenu à moi au bout de quelques minutes ou de quelques heures, impossible de savoir. Un couple de petits vieux est passé. La femme a fait :

« Regarde-moi cet ivrogne... Si c'est pas une honte, quand même ! »

Si j'avais pu, j'aurais crié :

« Mais qu'est-ce que tu crois ? J'suis un *tinker*, moi ! »

Finalement, je suis entré dans la maison. Je me suis traîné vers l'évier et j'ai craché. Un flot de sang et un bon paquet de dents. Dans le séjour, j'ai trouvé une bouteille de whiskey irlandais et j'en ai bu une lampée au goulot. L'alcool pur me déchirait les entrailles, qui paraissaient à vif, mais il est passé. Mon costume était fichu, ma chemise bleue en lambeaux. Malgré ce qu'on voit au cinéma, il faut une certaine force pour déchirer une chemise. J'ai retrouvé mes clopes tout écrasées et m'en suis allumé une. En tenant le lourd Zippo comme un talisman. Encore une dose de whiskey, et tout irait mieux. Après une longue fouille, j'ai fini par dégoter le numéro de Sweeper. Il m'a fallu une autre éternité avant que j'arrive à me concentrer suffisamment pour l'appeler :

« Allô ?

– C'est Jack, j'ai besoin d'aide. »

Je suis retombé dans les pommes. Quand j'ai ouvert les yeux, j'étais paumé. Couché, en pyjama. J'ai d'abord pensé :

« Ah, non ! Pas l'hôpital, bordel ! »

Si les hôpitaux distribuaient des *miles*, j'aurais pu faire plusieurs tours du monde. J'avais la tête qui tournait. J'entrevoyais une silhouette près de la porte. Quand je me concentrais, je sentais mon crâne éclater. J'ai enfin réussi à faire le point : Sweeper, endormi sur une chaise. Il faisait le quart de nuit. Mais je n'avais pas du tout la gueule de bois. Pourquoi ça ? Inquiétant... Sweeper avait le 9 mm sur les genoux. Mieux valait éviter les mouvements brusques. J'ai toussoté. Il a remué et j'ai demandé :

« Elle est où, ma gueule de bois ? »

Il s'est ébroué, a paru surpris de trouver le flingue, l'a posé par terre et fait :

« Tu es bourré de cachets antidouleur. »

J'avais la bouche ankylosée, mais ça ne faisait pas mal. Avec la coke, l'ankylose, je connais. J'ai demandé :

« Qui m'a mis au lit ? »

Un demi-sourire, puis :

« On t'a trouvé par terre. Tu étais dans un triste état, mon pauvre ami. On a fait venir un médecin, il s'est occupé de toi. Ça fait deux jours de ça.

— Bordel !

— Les clans t'ont veillé à tour de rôle. Mais il va falloir que tu voies un dentiste, évidemment.

— C'est du thé qu'il me faut. »

Il s'est levé et j'ai indiqué le flingue du menton.

« Si tu l'avais eu sur toi, a-t-il dit, t'aurais encore des dents.

— Mais je tenais une portion de frites. Si je l'avais eu dans les mains, ils me l'auraient fait bouffer.

— Ils t'ont surpris ?

— Surpris ? Ils m'ont époustouflé, oui ! »

Il est parti s'occuper du thé et je suis sorti du lit avec prudence. Dans les vapes, mais opératoire. Je me suis dirigé doucement vers la salle de bains, en évitant le miroir. Je n'ai jamais eu une tête à être exposée dans une galerie, mais sans dents c'était carrément le musée des horreurs. Me suis dit :

« Ça te donne une certaine gueule ! »

Absolument. Avec ça et un 9 mm, peut-être que les gens me foutraient la paix. Quand je suis finalement arrivé en bas, j'avais sur moi un sweat « National University of Ireland », un 501 délavé et les couilles bleu-violet, enflées. J'ai réussi à ingurgiter un peu de thé tiédasse, mais j'ai laissé le toast. Sweeper m'a passé quelques gélules rouges et grises :

« Ça éloigne la douleur. »

Moi, je me disais : « Et la coke, c'est possible avec un nez cassé ? » Il a dit :

« J'ai fait disparaître la cocaïne, au cas où les *gardaí* passeraient. »

Comme je ne répondais pas, il a dit :

« Les Tiernan.

— Quoi ?

— Les frères Tiernan, c'est eux qui t'ont tabassé. Ils haïssent les *tinkers*. Ils se sont planqués, mais dès qu'ils referont surface… je te préviendrai. »

Tout s'acheva, contre toute attente,
Par une conversation : civile, polie,
Presque banale ; tu as pris un café,
avec du lait
Mais sans sucre. C'était toujours
Ce que tu prenais. Rien d'anormal à ça.
Moi, j'ai pris un thé…
Un choix inaccoutumé ;
Parfait pour une rupture.

Jeff O'Connell

Excepté une visite chez le dentiste, je n'ai pratiquement pas mis le nez dehors durant les quelques semaines suivantes. Je suis resté entre mes quatre murs, entre deux cuites.

Le dentiste a fait :

« Arhhh… »

Pas très encourageant. Il m'a demandé :

« Vous vous êtes fait ça comment ?

— En mêlée, au rugby. »

Il m'a bien regardé, mais n'a pas insisté. Une heure et demie sur le fauteuil, pendant qu'il me faisait des trucs épouvantables. J'avais tellement de quincaillerie dans la bouche que j'aurais pu ouvrir un Bricorama. Quand on s'est offert une pause, je lui ai dit :

« Inutile de me raconter ce que vous fabriquez.

— J'ai réussi à extraire la plupart des fragments et…

— Sérieux, doc' ! Je n'ai vraiment aucune envie de savoir, croyez-moi. »

Retour au fauteuil pour de nouvelles excavations. Enfin, il m'a pris les empreintes et m'a annoncé :

« Je devrais pouvoir vous poser les prothèses d'ici quinze jours.

— Vous ne pourriez pas me bricoler un truc provisoire, en attendant ? »

Il a secoué la tête :

« Faites-moi confiance, monsieur Taylor... Dès que l'anesthésie va commencer à se dissiper, même votre langue va vous sembler de trop. »

Au moment où je partais, il m'a demandé :

« Vous avez la sécu' ?

— Non. Pas couvert et édenté : l'Irlandais de base dans toute sa splendeur...

— Eh bien, au moins, vous avez encore le sens de l'humour... À mon avis, vous allez en avoir besoin.

— Merci, docteur. J'aimerais pouvoir dire que ç'a été un plaisir.

— Je serais vous, j'irais mollo avec le rugby pendant quelque temps. »

Au cours de ma précédente enquête, j'avais eu affaire à un flic. Un certain Brendan Flood. Il m'avait tabassé et pété tous les doigts de la main gauche. Ça, ç'avait été notre première prise de contact. Peu après, il avait rencontré Dieu et effectué un changement d'allégeance spectaculaire. Pour tout dire, il avait résolu l'affaire et m'avait amené à tuer mon meilleur ami. Ce qu'on appelle une relation haute en couleur... J'avais gardé son numéro de téléphone et, dans la soirée, je l'ai appelé.

« Allô ?

— Brendan ? Jack Taylor. »

Un blanc, puis une profonde inspiration.

« T'es revenu ?

— Comme tu vois.

— Ils n'ont pas réussi à retrouver ton copain.

— Non, je sais.

— Qu'est-ce que je peux faire pour toi, Jack ?

— T'avais des tuyaux en or massif, la dernière fois. Je me demandais si tu ne pourrais pas m'en faire profiter, une fois de plus.

— Tant que ça ne va pas contre les voies du Seigneur…

— Toujours fervent chrétien, hein ?

— Exact, Jack. Dieu ne désespère pas d'en faire un de toi aussi.

— Ravi de l'apprendre. »

Je l'ai mis au courant des meurtres à répétition de *tinkers*. Il a fait :

« La police ne mène pas l'enquête très activement ?

— C'est pour ça que je t'appelle. Tu peux me filer un coup de main ?

— Donne-moi ton numéro. Je vais me renseigner.

— Génial. Mais sois discret.

— Dieu est garant de ma discrétion. »

Clic !

Je m'étais mis au Robin Redbreast. Putain, si quelque chose vous a un parfum années cinquante, c'est bien ce truc-là ! Mon père en buvait un petit verre avec sa tranche de pudding, à Noël. Dieu sait si, vu les talents de pâtissière de ma mère, on avait besoin de toute l'assistance possible pour l'avaler. Mon père était une crème d'homme. Ma mère a toujours été — et est encore — une femme dure. Ça faisait plus d'un an que je n'avais aucune nouvelle d'elle. Peut-être même qu'elle était morte, si ça se trouvait. Ma mère se délectait de ma seule référence notable : que je sois un raté. Un fils comme moi, c'était une croix, et elle la portait avec ostentation. Cette femme était une martyre-née, mais seulement en présence d'un auditoire. Le docudrame à la carte, façon chaîne à péage.

Mon renvoi de la police, mon penchant pour la bouteille, ma vie dissolue : elle n'aurait pu rêver mieux. J'ai longuement ressassé tout ça. Merde ! À quoi je jouais, là ? J'ai empoigné le téléphone et j'ai appelé Kiki. Ce numéro, je le connaissais par cœur.

« C'est Jack...

— Jack ! Comment vas-tu ? Pourquoi ne m'as-tu pas appelée ? Quand est-ce que je peux venir ?

— Holà, pas si vite ! Je vais bien et... tu me manques.

— Alors, je peux venir ?

— Naturellement, mais laisse-moi une quinzaine de jours.

— Pourquoi, Jack ?

— Quelques petits problèmes d'esthétique.

— Je ne comprends pas.

— J'ai de bonnes nouvelles à t'annoncer, cela dit : j'ai une maison et du boulot.

— Voyons, Jack, tu sais bien que j'ai absolument besoin de mon propre espace vital. »

Je crevais d'envie de lui crier :

« Si t'as tant besoin de ton propre espace vital, qu'est-ce que tu veux venir foutre en Irlande ? »

Mais je me suis contenu et, à la place, j'ai dit :

« Tu pourrais habiter chez moi quelques jours, le temps de t'adapter.

— C'est si différent que ça, l'Irlande ?

— Crois-moi sur parole : même au bout de cinquante ans, j'ai encore du mal à m'y faire.

— Je peux venir dans deux semaines, alors ?

— Absolument.

— Et... tu m'aimes, Jack ?

— Bien sûr.

— Moi aussi, je t'aime. »

J'ai raccroché et j'ai réfléchi à notre conversation. Non, je ne l'aimais pas. Au temps pour le Robin Redbreast...

*

Enfin, le matin où je devais toucher mon nouveau râtelier est arrivé. Je me sentais le plus heureux des privés. Vous vous souvenez de Dire Straits ? Ça marchait vachement bien pour eux. Ils cartonnaient et plaisaient aussi bien aux branchés qu'au grand public – ce qui n'est pas une mince affaire. Et puis Lady Di a déclaré que c'était son groupe préféré et vlan ! *Sayonara*, connards ! De ce jour, on les a collés dans le même panier que Duran Duran et, une fois là, impossible de remonter la pente. Leur *Money for Nothing* correspondait mot pour mot à son titre – très suffisant. Comme tant d'autres rock stars, Mark Knopfler a payé tribut à l'humilité et créé les Notting Hillbillies. « Ouais, on est des gars tout ce qu'il y a d'ordinaire. » Le groupe est allé droit aux chiottes ordinaires. Je pensais à toutes ces conneries pendant que le dentiste me posait mes nouveaux crocs. Il m'a fait :

« Il va vous falloir un peu de temps pour vous y habituer.

– Comme à la nouvelle Irlande... »

Il a eu un sourire et m'a annoncé le montant de la douloureuse. J'ai fait :

« Oh ! putain ! Qu'est-ce que vous diriez que je les prenne juste en location ? »

Ça ne lui disait rien.

J'ai remonté Shop Street en souriant de toutes mes dents flambant neuves, histoire de bien les montrer. J'ai entendu un alcoolo lancer :

« Putain, la biture qu'y se tient l'autre cinglé ! »

J'ai failli aller au Grogan's, mon ex-pub favori. Son précédent patron, Sean, un vieux râleur, avait possédé la plus grande partie de mon cœur. Encore un qui avait été assassiné. À cause de moi. Ce souvenir a sérieusement ébréché mon sourire. Quand je suis arrivé à Hidden Valley, Sweeper m'attendait, assis à la table de la cuisine. J'ai fait :

« Ben, te gêne pas ! Entre et sors de chez moi comme ça te chante, et ne te sens surtout pas obligé de téléphoner avant ! »

Il a eu une moue de mépris :

« Toujours tes dents, c'est ça ? »

Je lui ai flashé mes enseignes néon. Un hochement de tête et il m'a demandé :

« Et côté couilles ?

– L'enflure s'est résorbée. »

Il a secoué la tête :

« Je ne parlais pas de ton service trois pièces, là...

– Ah ! C'était à prendre de façon métaphorique ! Rends-moi ma coke et j'affronterai des légions.

– Deux mecs, ça suffira... Les Tiernan. Ils ont refait surface. »

J'ai senti mes tripes se serrer. Il a plongé la main dans sa poche de veste. J'avais toujours vu Sweeper en costard sombre et chemise blanche. La plupart du temps, il faisait plus loufiat grec que *tinker*. Il a produit un petit sachet de cuir. Fermé par un lacet, de cuir lui aussi. J'ai demandé :

« Ça rime à quoi, tes costumes sombres ? C'est pas comme si tu bossais dans un bureau. »

Un sourire sans joie, puis :

« Je tiens à présenter bien. Parce qu'on est *tinkers*, les gens s'attendent à ce qu'on ait l'air de vrais romanichels, alors ça me fait plaisir de leur infliger un démenti.

– D'accord, mais t'as pas envie, des fois, de leur rentrer dans le lard, de péter les plombs ? »

D'un geste de la main il a balayé mes conneries et a tapoté le sachet.

« Ouvre-le.

– Tu te fous de moi ? Tel que je te connais, à tous les coups c'est une tête réduite.... »

Cette fois, il s'est marré :

« T'es pas tombé loin. »

Il a mis le sachet la tête en bas et l'a secoué. Quatre dents maculées de sang ont roulé sur la table.

« Oh ! merde ! j'ai fait.

— Au cas où tu manquerais de motivation, pour les Tiernan... »

Il a raflé les dents, les a remises dans le sachet et me l'a tendu. Sans grand enthousiasme, j'ai fait passer le lacet par-dessus ma tête et j'ai glissé le sachet sous ma chemise.

« Avec ça, j'ai tout de Brando. Dans *Apocalypse Now*. »

Il s'est levé et m'a lancé :

« Je passerai te prendre à sept heures. N'oublie pas le 9 mm.

— Quel genre de tenue tu me conseilles, vu que c'est pour jouer la revanche ? »

Il a réfléchi, puis :

« Un truc qui tue. »

À l'heure du déjeuner, j'ai reçu un paquet. Ni affranchi ni oblitéré. Je l'ai ouvert. La coke. J'ai lancé :

« T'es un vrai pote, Sweeper ! »

Je me suis préparé une ligne. Mon nez commençait à aller mieux, mais il me faisait toujours un mal de chien. J'ai quand même sniffé trois lignes. Au bout de deux semaines et demie d'abstinence, ça m'a quasi foudroyé. Dieu est miséricordieux. Mes gencives se sont congelées et je sentais, au fond de ma gorge, ce fourmillement glacé qui me givrait les méninges. À présent, je pouvais affronter mon reflet dans la glace. Pas terrible... Mon nez était dévié vers la gauche. Peut-être que la prochaine fracture me le remettrait d'aplomb. Parce qu'il y en aurait une autre. Fatalement. J'avais des cernes bleu nuit sous les yeux. Parfaitement coordonnés à l'uniforme de la Garda. Et de nouveaux sillons aux coins de la bouche. Le foutu coup de vieux que j'avais pris ! Pas d'âge assez canonique, quand même, pour trouver du talent à George Michael. J'ai flashé mon sourire. Pas une brèche dedans. Un vrai projo de mille watts dans un terrain vague. Peut-être que mon râtelier pourrait sortir sans moi ? Une vieille réclame de mon enfance m'est revenue :

« Le super dentifrice Colgate révèle l'éclat naturel de vos dents. »

Mmphfff !

La coke cognait sec. Il fallait que je sorte. Que j'affiche mon sourire de vingt ans au milieu de ma gueule de quinqua. Quasiment un haïku. La honte, à coup sûr... J'ai enfilé une chemise blanche, un pantalon à pli et mes Weejuns. Mon cuir londonien par-dessus, et je suis devenu le vioque le plus cool de tout Galway. Le sachet ballottait sur ma poitrine comme la pire des mauvaises nouvelles. Dehors, il faisait grand jour, mais j'ai eu du mal à croire que le soleil brillait. Pas un poil de chaleur, mais ça, je pouvais faire comme si... Un voisin m'a dit :

« On a perdu la deuxième finale !

– Ah ?

– Y sont imbattables, ces enfoirés du Kerry.

– L'an prochain, peut-être ?

– Peut-être, mon cul ! »

Un voisin selon mon cœur... J'ai mis le cap sur Zhivago Records. Declan a levé le nez et a fait :

« Tiens ! T'es revenu ?

– Que de pénétration !

– Quoi ?

– Rien. Il me faudrait du King.

– Elvis ?

– T'en connais un autre ?

– Le *best of* ?

– Exactement.

– En C.D. ?

– Je sais que je n'ai pas à t'apprendre ton métier, Declan, mais dès qu'un client a plus de quarante piges, c'est pas un C.D. qu'il cherche, en général...

– Il serait grand temps que tu te mettes au digital.

– Il serait grand temps que je tire un coup, ouais... Alors, ce disque, ça vient ?

– Putain, t'as l'épiderme vachement sensible, Jack ! Qu'est-ce qui est arrivé à ton nez ?

– J'ai conseillé à un mec de se mettre au digital. »

Il m'a fait une ristourne de plusieurs livres, alors je lui ai presque pardonné.

Je savais que je devrais passer au cimetière. Ça faisait *x* temps que j'étais à Galway et je n'y avais toujours pas fait un saut. Si je me sentais coupable ? Ça, oui ! Mais assez pour me bouger ? Pas tout à fait.

Je suis tombé sur Chaz, un Roumano-Irlandais. Fut un temps, il était 100 % roumain, mais l'Irlande lui a déteint dessus. Il m'a fait :

« Une pinte, ça te dirait pas ?

— Si. »

On est allé au Garavan's. Tel qu'en lui-même : inchangé et authentique. Je me suis carré dans un coin et Chaz est allé nous chercher nos verres. J'ai sorti mon paquet de clopes et je m'en suis allumé une. Chaz est revenu avec nos pintes et m'a fait :

« *Sláinte !*

— Comme tu dis... »

Il m'a taxé une Marlboro et a empoigné mon Zippo. Il l'a longuement retourné entre ses doigts et a fait :

« C'est de l'argent repoussé.

— Et alors ?

— C'est du travail de *tinkers*.

— Exact.

— Je te l'achète.

— On me l'a prêté.

— Je peux te l'emprunter ?

— Non. »

On a descendu nos pintes en douceur et je suis allé nous chercher une autre tournée. Je regardais Chaz : pull d'Aran et pantalon de treillis. J'ai demandé :

« Comment tu te débrouilles en ce moment ?

— J'espère décrocher une subvention de l'Arts Council.

— Pour faire quoi ?

— J'sais pas encore, mais je trouverai bien quelque chose.

— Pourquoi ils te la refuseraient ?

— Tu sais, Jack, en Irlande les gens n'aiment pas trop les Roumains.

— Désolé, j'ignorais.

— Cela dit, à Galway c'est pas du tout pareil.

— C'est plutôt bien, ça.

— Pas du tout ! À Galway, ils nous haïssent carrément.

— Ah !

— Prête-moi cinq sacs, Jack. »

Je lui ai passé un billet de cinq et, avec un « À un de ces jours ! », j'ai mis le cap sur la porte. À peine dehors, je suis tombé sur ma mère. Elle a regardé au-dessus de ma tête. Y avait écrit « PUB ». Parlez d'une auréole ! Comme toujours, elle n'avait pas une ride. À croire que la vie n'a pas prise sur sa peau. C'est pareil pour les bonnes sœurs. (Un bon conseil, Estée Lauder : intéressez-vous de plus près aux nonnes.) Côté yeux, vous regardez au fond de ceux de ma mère et vous voyez l'Arctique — bleu banquise. Et toujours le même message :

« Je t'enterrerai. »

Elle a fait :

« Mon fils ! »

Conscient de mon haleine chargée de Guinness et de mon nez cassé, j'ai dit :

« Comment tu vas ?

— Tu es revenu.

— Comme tu vois. »

Et là, un silence. Le truc dont ce type de bonnes femmes raffole. J'avais été élevé à ce jeu-là et, bien dopé par l'alcool, j'étais partant pour faire une petite partie. J'ai attendu. C'est elle qui s'est couchée. Elle a dit :

« Je t'offre une tasse de thé, si tu veux.

— Je ne crois pas que je veuille.

— Ils font des scones délicieux, au G.B.C.

— Pas aujourd'hui.

— Tu n'as pas pensé à donner des nouvelles ? »

L'éternelle rengaine... Et vas-y, les jérémiades ! J'ai fait :

« Oh, si ! J'ai bien pensé à donner des nouvelles. Mais pas à toi, c'est tout. »

J'ai fait mouche. Elle a poussé un soupir. Si jamais ils décident un jour de faire du poussage de soupirs une discipline olympique, elle a une médaille d'or assurée. Et pendant ce temps, autour de nous, la foule grouillante des passants indifférents. J'ai dit :

« Faut que j'y aille.

— C'est tout ce que tu as à accorder à ta propre mère ?

— En fait, non. J'ai ça, aussi. »

Je me suis arraché le sachet du cou et je le lui ai collé dans la main. J'ai failli ajouter :

« Tu pourras mettre ça avec le cœur de p'pa. »

Mais à quoi bon en remettre une couche ?

L'été chantait en moi.

Edna St. Vincent Millay

Sweeper est passé me prendre pile à l'heure dite. Au volant d'un van blanc, nickel. Je suis monté devant. À l'arrière, quatre jeunes en jogging noir. J'ai lancé :

« Salut, les gars ! »

Pas de réponse. Sweeper a enclenché la première et s'est glissé dans les embouteillages de sept heures du soir. Je lui ai dit :

« J'ai un cadeau pour toi. »

Plutôt surpris, il a répondu :

« C'est quoi ? »

Je lui ai tendu le paquet. Il a ouvert la pochette, en gardant un œil sur la route :

« Elvis Presley !

— C'est le meilleur, tout comme toi. »

Chœur d'approbations amusées à l'arrière. On arrivait au coin de Nile Lodge. Il a dit :

« Ils habitent à Taylor's Hill.

— Putain ! Ils ont les moyens ! »

Il m'a jeté un regard :

« Y a un lien de parenté ?
— Quoi ?
— Avec le Taylor de Taylor's Hill... »
J'ai fait non de la tête.
« Je suis né du mauvais côté des rails. »
Il a ruminé ça, puis :
« T'es prêt ?
— À quoi ?
— À faire ce qu'on te dira.
— Mmmm... Ça, ça m'a toujours posé un problème.
— Essaie de te forcer.
— C'est pourtant pas faute d'avoir essayé, Dieu sait... »

Arrivés dans la partie tranquille de Taylor's Hill, à un jet de pierre de Threadneedle Road, on s'est arrêtés et on s'est garés sur le bas-côté. Un hochement de tête de Sweeper, et les quatre gars se sont évanouis dehors, comme des fantômes. J'ai demandé :

« Les Tiernan, elle est à eux, cette baraque, ou quoi ? »

Il a eu un petit sourire sans joie.

« Un héritage. Ils ne sont mariés ni l'un ni l'autre. Ils se prennent des vidéos, s'achètent des currys à emporter et de la bière, et ils s'éclatent. Jamais de femmes. La fine fleur des mâles irlandais : célibataires et fiers de l'être. »

J'ai fait :

« T'es marié, toi, non ?

— Oui, et j'ai des gosses, mais c'est pas le moment de parler famille.

— O.K.

— Dès que les lumières clignoteront, on y va.

— Une question, encore.

— Quoi ?

— Pourquoi est-ce qu'on t'appelle Sweeper ?

— Ramoner les cheminées, c'est notre business.

— Ah ! Tiens, pendant qu'on y est, tes quatre gars, là, qu'est-ce qu'ils font ?

— Ça, ça fait *deux* questions !

— Tu les comptes ?

— Ils préparent le terrain.

— Je vois.

— Tu ne vas pas tarder. »

Les lumières ont clignoté. J'avais le 9 mm coincé dans la ceinture de mon pantalon, au creux des reins, comme au cinéma. Et dire que je ne savais même pas s'il était chargé... Mais je sentais que ce n'était pas le moment de m'en informer. La maison était en style pseudo-Tudor, avec des arpents de lierre qui en mangeaient la façade. La porte d'entrée était ouverte. J'ai suivi Sweeper à l'intérieur. À travers un vestibule encombré de pièces détachées, de vélos, de moteurs désossés. Jusqu'à un immense living. Les gars de Sweeper avaient effectivement préparé le terrain. Deux d'entre eux étaient assis sur un gros type couché par terre. Une version plus maigre de l'allongé était assis sur un fauteuil, un cran d'arrêt sur la carotide. Tous deux étaient en caleçon et tricot de corps. Sweeper a fait :

« Le gros, par terre, c'est Charlie. L'autre, le cerveau, c'est Fergal. »

En entendant son nom, Fergal a souri. Un gros bleu était en formation sur sa joue. Il a craché vers moi et a dit :

« Taylor ! Pauv' minable ! »

Le poing du jeune, sur sa gauche, s'est écrasé sur son oreille. Ça l'a ébranlé, mais ça n'a pas entamé son aplomb.

« Écartez-vous, les gars », j'ai fait.

Du regard ils ont consulté Sweeper, qui a hoché la tête. J'ai sorti le 9 mm et je me suis approché.

« Fergal, c'est bien ça ?

– Va te faire foutre.

– Ho ! surveille ton langage, Ferg ! »

Sentant qu'il reprenait du poil de la bête, il m'a lancé :

« T'sais, ton flingue, je vais t'le foutre dans le cul, bien profond ! »

Depuis son coin de moquette, Charlie a ricané, malgré sa gueule en sang, et a fait :

« Bien jeté, Fergal ! »

Enhardi, Fergal a rugi :

« Qu'est-ce t'as l'intention de faire, tête de nœud ? »

J'ai dit :

« Primo, ça... »

J'ai pivoté et collé une balle dans la rotule de Charlie, avant d'enchaîner :

« Deuxio, je vais te faire sauter les couilles. »

Charlie s'était mis à beugler dans le suraigu. J'ai ordonné :

« Faites-le taire ! »

Fergal balisait ferme. La sueur l'aveuglait. J'ai dit :

« Regarde bien. »

Je lui ai plaqué le canon du 9 mm sur les roustons, puis :

« T'as quelque chose à ajouter ?

— Oh ! putain, Taylor... par pitié... ça a dérapé, on est désolés. »

J'ai dit :

« Tu me dois un râtelier neuf.

— Sûr, pas de problème... Tout ce que tu veux, bordel ! Si t'aimes les vidéos, on a des pornos du tonnerre.

— C'est tes dents que je veux. »

Je lui ai enfourné le canon du flingue dans la bouche, je me suis penché sur lui et j'ai fait :

« Que je n'entende plus jamais parler de toi, vu ? »

Il a hoché la tête, en se tenant la bouche. Je me suis tourné vers Sweeper :

« Terminé. »

De retour dans le van, j'ai tenté de m'allumer une clope. Je n'ai pas pu. Sweeper l'a fait pour moi et m'a collé le filtre entre les lèvres. Il a passé la première et on s'est éloignés lentement. Au bout d'un moment, Sweeper a dit :

« J'ai bien cru que t'allais le faire. Lui faire sauter les couilles, je veux dire... »

J'ai tiré une longue taffe de ma cigarette avant de répondre :

« Moi aussi. »

Rires étouffés à l'arrière du van. J'aurais dû prêter plus d'attention à ces quatre gars-là. J'allais payer cher de ne pas l'avoir fait, et d'une façon que j'étais à cent lieues d'imaginer.

L'après-midi où Kiki a débarqué, il flottait. J'ai pris un taxi pour aller la chercher à l'aéroport. Le chauffeur :

« Z'ont testé des handicapés positif aux jeux Paralympiques. »

Il ne faut jamais encourager un chauffeur de taxi. Même le plus anodin des grognements est aussitôt interprété comme signifiant :

« Ce que vous dites me fascine, je brûle de connaître votre opinion sur tous les sujets possibles et ne me laissez surtout pas placer un traître mot. »

Le mien était lancé :

« D'accord, aux J.O. normaux, on s'attend à ce qu'y ait du dopage. Mais des infirmes en fauteuil roulant, tout ça, on s'attendrait à ce qu'ils aient quand même un minimum de fair-play, pas vrai ? »

Je sentais se profiler le chapitre « La faute à qui ? ». Il a demandé :

« Vous savez qui est derrière tout ça, d'après moi ?

— Aucune idée.

— Les Arabes.

— Ah !

— Y collent des anabolisants dans la flotte. »

On arrivait à Carnmore. Je lui ai demandé :

« Vous pouvez m'attendre ?

— Pas de problème. Je peux venir prendre une tasse de thé avec vous, si vous voulez.

— Pas la peine. »

Quand Kiki a émergé de la porte « Arrivées », mon cœur a eu un accord mineur. Aucun élan passionné. Plutôt un arrière-cousin très éloigné. Elle était superbe. Blazer bleu marine, jean délavé. J'ai dit :

« Tu es superbe. »

Elle a noué ses bras autour de moi et m'a embrassé à pleine bouche. Elle a fait :

« *Wow !* Tu es tout rouge, Jack !

— De confusion... »

Elle a récupéré ses bagages. À mon grand soulagement, elle voyageait léger. Signe qu'elle ne prévoyait pas de s'éterniser. Au moment de monter dans le taxi, je lui ai glissé :

« Surtout, pas un mot sur le sport... »

À la seconde où il démarrait, le chauffeur a entonné :

« Z'ont testé des handicapés positif... »

De retour à Hidden Valley, j'étais en train de sortir les valises de Kiki du taxi quand mon voisin est passé. Il m'a décoché un clin d'œil entendu avec un « Ben, mon cochon ! ».

Un Anglais aurait dit : « Ben, mon salaud ! », mais ça n'a pas la même saveur.

Kiki a adoré la maison. Je nous ai servi un verre et j'ai fait :

« *Sláinte !*

— Oh ! j'adore ce mot ! Toi aussi, je t'adore ! Qu'est-ce qui est arrivé à ton nez ? Et à tes dents ?

— Un léger malentendu.

— Tu as des problèmes, Jack ?

— Mais non, voyons. »

On est allés se mettre au lit. J'aimerais pouvoir dire que je l'ai comblée. Ça n'a pas été le cas. Elle m'a demandé :

« Qu'est-ce qui ne va pas, Jack ?

— Rien. C'est juste que je n'ai pas encore bien l'habitude, avec toi.

— C'est peut-être l'alcool et la cocaïne qui te coupent tes moyens.

— Mais non... D'ici à quelques jours, ça ira mieux, tu verras. »

Ni elle ni moi n'y avons cru. Dans la soirée, j'ai dit :

« Allez, viens, je vais te présenter quelques amis. »

On est allés au Nestor's. La sentinelle nous a ignorés. Jeff était derrière son comptoir. J'ai fait :

« Jeff, je te présente Kiki, une copine de Londres. »

Kiki m'a foudroyé du regard. Jeff a crié à Cathy de descendre et a demandé à Kiki :

« Qu'est-ce que je peux vous offrir pour vous souhaiter la bienvenue en Irlande ?

— Une demi-pinte de Guinness, je veux bien.

— Et pour moi, ce sera une pinte, Jeff. »

Cathy est arrivée, la curiosité peinte sur le visage. Sa grossesse était bien avancée, et elle et Kiki se sont mises à causer entre femmes. On était installés, nous sur nos tabourets, et Cathy et Jeff derrière le comptoir, quand Cathy a demandé :

« Dis voir, Jack, comment ça se fait que tu ne nous aies jamais parlé de cette fille formidable ? »

Kiki m'a fixé, puis a demandé à Cathy :

« Jack ne vous a pas dit ?

— Non, rien du tout.

— Je suis sa femme. »

Là, même la sentinelle a fait :

« Quoi ? »

Jeff a été le premier à surmonter le choc. Il est allé chercher une bouteille de champagne. Cathy était toujours sans voix. Kiki a dit :

« Je m'en vais. »

Je l'ai suivie dans la rue :

« Mais ils nous préparent une petite fête, là...

– Il va me falloir des clés, Jack. »

Je lui ai passé le double de mon trousseau. Celui que j'avais prévu de lui filer plus tard. Elle a demandé :

« Quelle adresse je dois donner ? »

Je le lui ai dit et elle a hélé un taxi. J'ai vaguement espéré que ce soit l'obsédé des jeux Paralympiques. Et elle est partie. De retour dans le pub, ils m'attendaient tous. J'ai dit :

« Mieux vaut remettre le champagne au frais. »

La sentinelle a fait :

« Leur première scène de ménage... »

Cathy a ajouté :

« Ça, j'en doute. »

J'ai commandé un double Jameson et je suis allé m'installer à ma place habituelle. Cathy m'a apporté mon verre :

« Je peux m'asseoir ?

– Naturellement. »

J'ai allumé une cigarette et j'ai fait tourner mon whiskey dans mon verre.

« T'es sûr que c'est une bonne idée, le Jameson ? a demandé Cathy.

– Et le mariage ?

— Bon sang, Jack ! Pourquoi tu nous as rien dit ?

— J'en sais rien... Je crois que je me disais que c'était un truc de Londres. Tu vois ? Rentrer au pays, laisser mon meublé, tout ça, derrière moi...

— M'enfin, merde... je veux dire... tu l'aimais ou quoi ?

— J'étais pas mal à côté de mes pompes, là-bas.

— Pour changer !

— Ouais, bon... Quoi qu'il en soit, j'ai cru que ça allait me stabiliser. Elle a un doctorat en métaphysique.

— C'est censé me dire quelque chose ? J'arrive même pas à le prononcer, ce mot-là.

— C'est l'étude de l'être.

— *Wow !* Ça éclaire ma lanterne, c'est fou, Jack !

— J'ai cru qu'elle pourrait peut-être sonder le fond de mon âme, y discerner une chance de rédemption. »

Cathy s'est levée :

« Le bébé me bourre de coups de pied. Il faut que j'aille m'allonger. Toi, il va falloir que t'arrêtes la coke, tu le sais, non ?

— Sûr. »

Un moment plus tard, un type est entré dans le pub. Un coup d'œil circulaire et il m'a mis le cap dessus. Sa tête me disait vaguement quelque chose, mais sans plus. Il a fait :

« Jack.

— Oui ?

— Brendan Flood.

— Ah ! mais bien sûr ! Je suis marié depuis peu. À croire que ça m'a complètement déboussolé. Tu bois quelque chose ?

— Une eau minérale, je veux bien. »

Il a sifflé son verre. Au moins, il n'avait pas réclamé de paille... Il avait méchamment vieilli. Il portait une grosse veste avec des renforts de cuir aux coudes, qu'il a déboutonnée, révélant une lourde croix d'argent. J'ai dit :

« Dans la même gamme, moi, j'ai le briquet... »

Il a secoué la tête.

« Ça ne te grandit pas de te moquer.

— 'Scuse-moi.

— Il n'est pas trop tard pour te repentir.

— Ça m'aiderait d'avoir des notions de métaphysique ?

— Je te parle de croyance, Jack, de foi. La connaissance est l'instrument du diable.

— Comment m'as-tu retrouvé ? »

Enfin, un embryon de détente. Il a fait :

« Moi aussi, j'ai été flic, Jack... »

J'ai fait signe à Jeff de nous remettre une tournée et Brendan a dit :

« C'est vrai qu'il y a un schéma récurrent dans la mort de ces malheureux garçons.

– Explique-toi.

– On les a tous retrouvés nus. Ils ont tous été sauvagement mutilés. Et ils avaient tous entre vingt-cinq et trente ans.

– Quoi d'autre ?

– Pour la police, c'est réglé : il s'agit d'une banale vendetta entre clans.

– Et toi, Brendan, t'en penses quoi ? »

Il a avalé une gorgée d'eau minérale. Si ça lui procurait le moindre plaisir, il le cachait bien.

« J'en pense qu'il y a quelqu'un qui traque et qui trucide systématiquement de jeunes *tinkers*.

– Nom de Dieu !

– Ne blasphème pas le Nom du Seigneur ! Tu aurais peut-être intérêt à aller interviewer Ronald Bryson.

– C'est qui ?

– Un Anglais. Un travailleur social qui bosse pour la Simon Community. Ils ont un refuge à côté de Fair Green. Tous les cadavres ont été retrouvés dans le secteur. »

J'ai plongé la main dans ma poche et j'en ai sorti une poignée de billets que j'ai posée à côté de son verre. Il a demandé :

« C'est quoi, ça ?

– Un petit dédommagement pour ton aide et le temps que ça t'a pris. »

Il a réfléchi, puis a empoché les billets :

« Je le reverserai aux missions.

— Tu n'as pas de famille ?

— Ma seule famille, c'est Dieu. »

Il s'est levé et a dit :

« Ben, voilà... Oh ! à propos, toutes mes félicitations !

— En quel honneur ?

— Ton mariage.

— Non. C'est juste une rumeur qui voudrait se faire passer pour la réalité.

— Que Dieu t'ait en Sa sainte garde, Jack. »

Nettement plus tard, Jeff a fait :

« Tu ferais mieux de rentrer chez toi, Jack.

— J'veux pas rentrer chez moi. J'veux rester ici.

— T'es marié, alors va retrouver ta femme. En plus, j'ai l'impression que Cathy ne va pas tarder à accoucher. Faut que je dorme.

— D'accord. Appelle-moi quand ça se précisera.

— Sûr.

— Promis ?

— Juré. Et maintenant, file ! »

Arrivé devant ma porte, j'ai vérifié qu'aucun Tiernan ne rôdait dans le secteur. Que dalle. Pas l'ombre d'un belligérant en vue. J'ai tangué jusque dans l'entrée.

« Kiki ? Tu dors ? »

J'ai réussi à retrouver la cuisine et j'ai regardé la pendule. Trois heures et demie du mat'. Comment c'était possible ? Je me suis dit :

« Je vais me faire une ligne de coke, histoire de me dégager les méninges, et ensuite je monterai voir si Kiki est partante pour que je l'honore dans les règles. »

Je souriais : c'était un superplan. Kiki allait découvrir que je pouvais être un vrai étalon. Que je me mette en train et je me faisais fort de tenir aussi longtemps que Sting. Une feuille de papier était calée contre la bouilloire. Avec les balles du 9 mm à côté. Elles rutilaient comme si on les avait briquées au Miror. Avant de lire le message, j'ai décidé de me blinder encore plus à la coke. Planquée dans le frigo, entre le paquet de Flora et les yaourts 0 %, pour la garder bien froide. Je me suis préparé une ligne, plus grosse que prévu, et je l'ai sniffée. Ça m'a collé au mur. Comme si ça m'avait explosé les tripes. J'ai fait :

« Pffffou ! La vache ! »

Suivi de :

« Gaffe ! Pas si fort ! Y en a qui roupillent, ici... »

Mon esprit s'est éclairci. Sur la pointe des pieds, je me suis approché du message. Pour le prendre par surprise, genre... Il disait :

Jack,

Pas « Jack chéri ». Déjà, pas de très bon augure... J'ai lu la suite :

Je suis allée dormir à l'hôtel. Je rentre à Londres demain. T'es un beau salaud. Jamais je ne me suis sentie aussi humiliée mais, malgré ça, je t'aime quand même. Je ne veux plus te revoir. Je suis tombée sur le flingue en cherchant du liquide vaisselle. Tu me fais peur. Je t'avais apporté un cadeau. Il est sur notre... non... sur ton *lit.*

KIKI

J'ai fait :

« Dur ! Dur ! »

Et je me suis effondré par terre. Quand j'ai émergé, au milieu de la matinée, la parano m'est tombée dessus. J'avais la nuque raide, du vomi plein mon cuir, et mon nez se tordait de douleur. J'ai marmonné :

« Ça pourrait être pire... »

Puis mes yeux ont atterri sur la lettre. Je me suis traîné à l'étage et là, au beau milieu du lit, un paquet trônait. Je l'ai ouvert. Des boots en cuir fauve de chez Bally. Le top du confort. Faites-leur subir le pire, elles en reviendront, toujours aussi classe. Si je dois un jour être enterré bottes aux pieds, que ce soit dans des Bally. J'étais aussi près de me mettre à chialer que l'auto-apitoiement le permet. Je me suis infligé une douche et j'ai collé toutes mes fringues dans la machine à laver, cuir compris. Au moment où j'enfonçais la touche « Marche », j'ai pensé :

« Trop tard pour l'assouplissant... »

Le téléphone a sonné. Je me suis allumé une clope et j'ai décroché :

« Allô ? »

Ce n'était pas Kiki, mais j'ai entendu :

« Ici Londres.

— Hein ? Keegan ?

— Exact, Jack !

— Comment t'as eu mon numéro ?

— J'ai appelé la police, tiens... Je suis tombé sur un dénommé Clancy. Un connard de première. Il ne te porte pas dans son cœur, mon pote.

— *Wow !* Enfin, je veux dire... salut !

— Salut toi-même ! Je suis en perm'.

— En perm' ?

— En congés payés, monseigneur ! Je m'apprête à sauter dans un avion.

— Là, maintenant ?

— Y a intérêt ! T'as bien envie que je vienne, non ?

— Sûr.

— Bon, ben, d'accord. Rendez-vous ce soir, à onze heures, au Quay's.

— Ce soir ?

— Et attache ta ceinture ! La nuit risque d'être agitée. »

Il a raccroché. J'ai réfléchi à son arrivée et me suis dit :

« Bah ! Pourquoi pas ? »

Et bien avant le dernier sanglot
Un petit murmure insistant
Filtre
Pour réclamer une chanson encore.

K. B.

Si j'ai rêvé, ce n'était de rien de bon. Je me suis réveillé dégoulinant de transpiration à cause de la coke et j'ai marmonné :

« Aux abris ! »

Abomination des abominations, j'ai allongé le bras et, au lieu de Kiki, c'est les boots Bally que j'ai senties. J'ai murmuré :

« *Och, ochon.* »

L'équivalent gaélique de « chienne de vie ». Ô combien vrai... Du temps de la télé en noir et blanc, Jackie Gleason entamait rituellement son show en lançant : « Quel pied ! » Le veinard... Je me suis traîné jusqu'à la douche, j'ai attendu que l'eau soit bouillante et j'ai passé les derniers résidus de la coke à l'étuve. Ensuite, j'ai examiné ma garde-robe et entendu le refrain que la came susurrait à Richard Pryor :

« Le niveau baisse, Rich... »

J'ai enfilé un T-shirt blanc — enfin... qui l'avait été — et un 501, et j'ai chaussé mes boots neuves. Impec'. Dommage qu'elles me donnent autant de remords vis-à-vis de Kiki... Les alcoolos sont sans doute les animaux les plus bizarres de la planète, comme on dit. Un vrai paradoxe ambulant. Kris Kristofferson est celui qui a su le mieux décrire la détresse des alcooliques. Si vous l'écoutez bien, son *Sunday Morning Coming Down* est l'hymne des alcoolos. Il les a compris comme personne. (À croire qu'il avait lu *Quand la conscience s'éveille* de De Mello[1].) En particulier dans le passage de sa chanson où il évoque l'odeur du poulet frit qui vous chatouille les narines, et qui est un des vers les plus désespérants que je connaisse. Londres, par un dimanche après-midi pluvieux. Tous les pubs sont fermés. Vous luttez contre un vent glacial, pas loin de Ladbroke Grove, et là, le temps d'un instant, une bonne odeur de cuisine familiale... Et ça vous fout complètement en l'air.

Je suis descendu à la cuisine et j'ai regardé la pendule : neuf heures moins le quart. Je me suis fait du thé et des toasts, et j'ai réussi à en avaler un peu. Une idée me titillait. Autant tenter le coup, me suis-je dit. Les bonnes vieilles « Pages Jaunes », et je me suis mis à téléphoner.

« Allô ?

1. Anthony De Mello (1931-1987) : jésuite né à Bombay. Auteur d'ouvrages de spiritualité teintés de philosophie orientale, devenus des best-sellers.

— Hôtel Impérial, bonjour. Vous désirez ?

— Auriez-vous une cliente du nom de... Mrs. Taylor ?

— Un instant, monsieur, je vérifie. »

Pendant une poignée de secondes angoissantes, j'ai redouté qu'on me passe ma mère. Puis :

« Je regrette, monsieur, mais nous n'avons personne de ce nom. »

Clic ! J'ai épluché une demi-page de l'annuaire. Mon thé était froid et les coins de mon dernier toast se gondolaient. J'enchaînais les numéros plus par acquit de conscience qu'autre chose quand :

« Effectivement, monsieur... Nous avions bien une Mrs. Taylor chez nous, mais elle vient de partir.

— Elle a laissé une adresse ?

— Cette dame a pris un taxi pour l'aéroport, il me semble. »

Je me suis senti abandonné. J'ai collé ma lessive dans le sèche-linge, cuir compris.

« Tu peux bien fondre, j'm'en tape ! »

Je n'avais qu'un seul autre manteau : l'article 8234, ma veste tout temps de la police. La Garda s'entêtait à m'envoyer des lettres de réclamation pour que je la restitue. La police montée canadienne récupère toujours son homme, mais la Garda ne risquait pas de récupérer son bien. Pas question. Je me la suis boutonnée jusque sous le menton. Je ne me suis offert ni une ligne ni un verre, mais j'en avais le goût sur la langue. Un dernier coup de fil. J'ai composé le numéro.

« Simon Community, à votre service ?

— Pourrais-je parler à un certain Mr. Ronald Bryson ? »

Un appel à la cantonade, une réponse, puis :

« Ron est de repos jusqu'à demain midi.

— Je pourrai le voir, à ce moment-là ?

— Pas de problème. »

Clic ! Assez de travail de détection pour la journée. Il était temps de m'offrir un peu de bon temps. Un coup d'œil au contenu de mon portefeuille et hop ! dehors. J'étais à cinq minutes à pied du Nestor's. Si ce n'est pas génial ? J'ai décidé de passer par l'église Saint-Patrick, histoire de remuer quelques souvenirs. Je me suis arrêté devant la grotte de Lourdes. Quitte à prier, que ce soit pour Kiki... Et là, j'ai entendu une voix :

« Ça, par exemple ! Jack Taylor en prière ! »

Le père Malachy, dans toute sa gloire benoîte. Je n'ai jamais beaucoup aimé les curés, mais lui, je ne peux carrément pas le blairer. C'est viscéral. Il tétait les entrailles d'une cigarette moribonde. J'ai dit :

« Toujours accro à la nicotine ?

— Je viens de voir ta mère.

— Ça, ça vous file un choc, c'est sûr...

— Un choc ? Tu peux parler ! Cette pauvre femme est complètement traumatisée depuis qu'elle t'a vu. Lui offrir des... dents !

— *Mes* dents. »

Il a levé les yeux au ciel, dans la grande tradition « Seigneur, aide-moi ! » qu'on leur inculque dans leurs écoles de curés. Il a dit :

« Ça ne va pas améliorer son état.

— Bah ! Elle s'en remettra, je pense.

— Qu'est-ce qui t'a pris, hein ?

— L'alcool, mon père ! C'est l'alcool qui m'a poussé à faire ça... »

Sa main droite s'est levée d'elle-même — un geste automatique, quand ils sont furax. Pendant tant d'années, ils ont pu cogner en toute impunité... J'ai souri et il a rengainé son envie. Je me suis tourné vers la statue de la Vierge :

« Si je racontais que je l'ai vue bouger, est-ce que ça relancerait les affaires ?

— Toujours aussi bête ! »

Il a sorti son paquet de Major, s'en est allumé une et a tiré dessus comme un possédé. Comme s'il pouvait inhaler sa rage. J'ai dit :

« J'ai une nouvelle qui va faire plaisir à ma mère.

— Tu quittes Galway ?

— Non, je viens de me marier.

— Quoi ?

— Mais ma femme ne va pas rester. En fait, elle est déjà repartie.

— À peine marié et déjà plaqué ?

— Ça résume assez bien la situation... »

Il a balancé son mégot à l'intérieur de la grotte.

« Tu es complètement marteau.

— Peut-être, mais pas rasoir, hein, Malachy ?

— Va au diable ! »

Sur ce, il a filé d'un pas furieux. Je lui ai crié :

« Ben, vrai ! Parlez d'une bénédiction ! »

Une femme qui passait a fait :

« Bien jeté ! C't'homme-là s'prend pour Dieu l'Père en personne ! »

J'ai dit une prière pour Kiki — pas bien longue, tout de même.

Au Nestor's, Jeff m'a demandé :

« Alors, tu l'as retrouvée ?

— Elle est partie.

— Partie ?

— Pour Londres.

— Putain, Jack !

— Où est Cathy ?

— Elle est salement remontée contre toi. Laisse-lui quelques jours... »

Il a posé une pinte devant moi et a fait :

« C'est la maison qui régale.

— Merci, Jeff.

— Qu'est-ce que tu comptes faire ?

– J'ai rencard avec Keegan.

– Qui ça ?

– Le sergent Keegan, de la police métropolitaine de Londres.

– À Londres ?

– Non. Au Quay's, d'ici une petite heure.

– C'est professionnel ?

– C'est sûr que lui, c'est pas un amateur...

– Oublie ma question. Oublie toutes les questions. »

La sentinelle était là, fidèle au poste. Il m'a fusillé du regard. J'ai fait :

« Qu'est-ce qu'y a ?

– Je la trouvais chouette, ta femme.

– Oh ! ça va ! La ferme ! »

J'ai descendu Shop Street. Malgré le froid, le spectacle de la rue continuait. Un peu alangui et clairsemé, mais pas moins présent : un jongleur devant Eason's, un gratteur de guitare en face de la boulangerie Griffin, un mime en Charlot près de Feeney's. Un couple d'Allemands m'a abordé :

« Où peut-on troufer tu krak ? »

J'ai vaguement agité la main dans la direction d'où je venais et j'ai demandé :

« Qu'est-ce que vous entendez par là, exactement ? »

Le Quay's était plein comme une huître. Par-dessus un fort brouhaha, j'ai saisi un accent british :

« Un whisky chaud, ma poule, et une pinte de stout ! »

Qui ça pouvait être, sinon... ?

Avant que j'aie pu signaler ma présence à Keegan, Chaz, mon pote roumain, a émergé de la foule :

« Tu penses aux cinq sacs que je t'ai prêtés hier ?

— Non, Chaz, que *je* t'ai prêtés.

— T'es sûr ?

— Certain. Mais cela dit, si t'as besoin de plus...

— Y en a pas deux comme toi, Jack.

— Va dire ça à ma femme. »

Keegan arborait un sweat blanc frappé du logo *« Póg mo thóin*[1] *»*, un pantalon de golf rouge vif et un galurin, souvenir de Blackpool, qui implorait *« Kiss me quick »*.

Il a beuglé :

« Jack Taylor ! Mon pote ! »

M'a collé une pinte dans la main et a fait :

« Y a des grogs sur le comptoir, et de quoi se désoiffer après. »

J'ai songé : « Est-ce que je suis de taille ? Y a-t-il quelqu'un qui le soit ? »

Je lui ai demandé :

1. Version gaélique de l'anglais *« Kiss my arse »*, sans réel équivalent français. Le nom du groupe irlandais The Pogues en est un abrégé.

« Où sont tes bagages ?

— À l'hôtel Jury.

— Tu t'y es pris une chambre ? Mais... y avait de la place chez moi !

— Ouais, c'est sympa, mon vieux, mais des fois que j'aie l'occasion de tirer un coup, hein ? »

Que répondre à ça ?

Je me suis abandonné au flot. Keegan est une vraie force de la nature — violent, affreux, brutal et irrésistible. Sur Eyre Square, il y a une boîte, le Cuba. Je ne crois pas qu'il y ait un équivalent irlandais. Vers deux heures du mat', j'y suis avec Keegan et deux nanas qu'il a draguées. Elles ont l'air de bien l'aimer. Il en prend une par les épaules et fait :

« J'adore ce pays, Jack !

— C'est réciproque, apparemment...

— Tu parles d'or, mon pote. Je suis un salopard de Fenian. »

Entendre dire ça avec un accent britannique, c'est signe que vous avez vécu bougrement longtemps. Le patron du pub s'est approché et j'ai pensé :

« Oh-oh !... »

J'avais tort. C'était juste pour nous offrir le champagne de la bienvenue. Keegan a fait :

« Apportez-nous ça, mon prince ! Ho ! Ce sera du boudin, pour le petit déj'... »

Autant que j'en prenne mon parti : on était dans la Quatrième Dimension. Pendant l'heure suivante, j'ai mis Keegan au courant des événements des dernières semaines. Il a fait :

« T'es dingue, mais je t'adore, enfoiré ! »

Quelle que soit l'étiquette que les gens lui collent, Keegan n'est pas du genre à s'ériger en juge, lui. Il a agité une liasse de billets sous le nez des deux filles :

« Mon petit doigt me dit que vous ne diriez pas non à un de ces trucs bien liquoreux, avec un petit parapluie planté dedans... J'ai pas raison ? »

Il avait raison, et elles l'ont trouvé adorable. Il s'est tourné vers moi :

« La petite brune, je compte bien la baiser à couilles rabattues... O.K. ?

– Mmmm... O.K.

– Je te laisse la petite coincée, dac ?

– Je dois te remercier, j'imagine... »

Là-dessus, il est devenu sérieux. En une seconde, envolées la muflerie, la vulgarité et les provocs à la Hunter S. Thompson[1]. Il a dit :

« Tu sais, Jack, je suis un bon flic. C'est la seule chose que je sache faire, mais ces enfoirés essaient de se débarrasser de moi. Ils vont me virer, c'est juste une question de temps.

1. Écrivain américain, disparu le 22 février 2005. Auteur du sulfureux *Las Vegas Parano* et inventeur du *gonzo journalism*.

— Je suis passé par là.

— Dans ce cas, je n'ai qu'un conseil à te donner, mon vieux.

— Vas-y.

— Ne lâche pas l'affaire. C'est tout ce qui compte.

— C'est bien mon intention. »

Sur ce, il a remis son masque à la John Belushi et a lancé aux filles :

« Alors, laquelle des deux veut me sucer la pomme la première ? »

*

Le lendemain, j'ai ouvert les yeux et je ne les ai pas crus. Une fille sur l'oreiller d'à côté. Toute la soirée m'est revenue en avalanche. Jusqu'au Cuba, du moins. La fille paraissait avoir seize ans à peine. J'ai soulevé le drap et… – misère à poil ! – elle l'était. De quoi me retrouver en taule pour détournement de mineure. Elle a bougé, a soulevé une paupière et a souri.

« Bonjour ! »

J'ai connu pire, comme entrée en matière.

« Bonjour, toi ! » j'ai répondu.

Elle s'est blottie contre moi et a fait :

« Mmmm, c'est super. »

Elle s'est écartée de moi et m'a dit :

« Merci d'avoir profité de la situation.
— Euh...
— T'es un vrai gentleman. »

Allez comprendre... Son corps tiède réveillait mes ardeurs, alors j'ai proposé :

« Et si j'allais nous préparer du thé et des toasts ?
— On pourra prendre le petit déj' au lit ?
— Sûr.
— T'es vraiment génial, Jack. »

Je me suis levé. J'étais à poil, moi aussi. Grave erreur. La nudité n'est guère seyante quand on est aussi vieux et déglingué que moi. Je me suis jeté sur mon caleçon et ma chemise. Elle a fait :

« T'es encore très présentable, tu sais ?
— Je te remercie... enfin, je crois... »

Où était ma gueule de bois ? J'en méritais pourtant une sévère. Elle ne m'avait pas encore rattrapé. En bas, j'ai déniché le sac à main de ma conquête et ai fouillé. Kleenex, briquet, tube de rouge, clés, préservatifs. Putain, elles ne se déplacent pas sans tout le nécessaire, ces nanas ! Ses papiers m'ont révélé que j'avais affaire à Laura Nealon, vingt-huit ans, et qu'elle bossait dans une boîte de téléphonie. Un paquet de Benson & Hedges pas entamé. Je l'ai ouvert et m'en suis allumé une. Puis j'ai préparé le petit déj'. J'ai exhumé un plateau. Avec Charles et Diana en jeunes mariés dessus. J'ai même dégoté des serviettes. J'ai transféré tout ça à l'étage. Elle a fait :

« Oh, Jack ! Un vrai pique-nique ! »

Elle a tapoté le lit à côté d'elle. J'ai décliné l'invitation et je me suis posé sur le bord. Si elle avait la gueule de bois, ça ne se voyait pas. Elle a dévoré un toast à belles dents, puis m'a demandé :

« Je peux prendre une douche ?

– Bien sûr.

– Tu veux qu'on la prenne ensemble ?

– Euh... non, merci.

– T'es vraiment adorable, Jack. Tu me plais bien. »

Pas facile pour moi de gérer une telle charge d'énergie positive. J'ai tellement l'habitude du malheur. Il m'est familier, presque confortable. Elle a réapparu, drapée dans des serviettes de toilette. J'ai demandé :

« Où est passée ta copine ?

– Avec Mr. Keegan. Elle en est raide dingue. On a vraiment eu du bol, elle et moi, de tomber sur vous deux. »

Il fallait que j'en aie le cœur net. J'ai demandé :

« Sérieux ?

– Pas qu'un peu ! Tu n'imagines pas les sales types qui traînent dans les pubs de Galway. J'ai l'intention de m'accrocher à toi, Jack. »

Sur ce, la voilà à genoux devant moi, en train de faire des trucs. Et la minute d'après, elle me taille la pipe de ma vie. L'affaire faite, elle me demande :

« C'était bien ?

– Fantastique.

– Je vais te rendre heureux, Jack, tu vas voir. »

Et là, on a sonné à la porte. J'ai pensé :

« Oh ! merde ! Voilà Kiki qui revient. »

J'ai sauté dans mon pantalon et j'ai foncé au rez-de-chaussée en le boutonnant. Sweeper était dans la cuisine. J'ai fait :

« Va falloir que t'arrêtes de prendre cette maison pour un moulin.

– J'ai sonné.

– Ah ! Je devais être sous la douche, probable. »

Et là, j'ai vu qu'il fixait quelque chose pardessus mon épaule. Laura, dans une de mes liquettes. Elle a fait :

« 'Scuse-moi, elles sont pas là, mes clopes ? »

Sweeper a demandé :

« C'est Kiki ?

– Non... euh... c'est... Laura.

– Salut !

– Salut. »

Je lui ai filé son paquet de Benson et elle a dit :

« Je ferais bien de me préparer, ou je vais être en retard au boulot. »

Une fois qu'elle a eu disparu dans l'escalier, Sweeper m'a demandé :

« Ce n'est pas ta femme ?

— Non.

— Je vois... »

Mais il ne voyait rien du tout. Et moi pas davantage. J'ai fait :

« Je suis sur une piste sérieuse.

— Raconte. »

Quand je me suis tu, il a dit :

« Tu dois aller voir ce fameux Bryson. Je t'accompagne.

— Pas question. »

On a argumenté pendant un petit moment. Pour finir, il s'est rangé à mon avis et a proposé à Laura de la déposer à son boulot. J'ai mis le cap sur Galway centre. À la boutique Saint-Vincent-de-Paul, je me suis offert un costard, un pull, des chemises, un jean et un blazer. Le tout pour trente-cinq livres. La vendeuse m'a fait :

« Vous saviez que chaque article est nettoyé à sec ?

— Non. J'ignorais.

— Les teintureries nous font ça à l'œil.

— C'est super.

— Ça, on peut le dire ! »

J'ai pris un taxi pour rentrer à Hidden Valley avec tous mes achats. Le chauffeur m'a fait :

« On trouve des trucs vachement bien dans leur boutique.

— Et nettoyés à sec, en plus.

— Ah ! c'est pour ça... »

J'étais un homme neuf, doté d'une nouvelle petite amie et d'une garde-robe renouvelée. Le moins que je pouvais faire, c'était assurer. J'ai enfilé une chemise blanche sans un faux pli, un pantalon gris et mon blazer neuf. Je me sentais tellement propre que j'avais l'impression de briller comme un sou neuf. Comme je sortais de la maison, mon voisin m'a lancé :

« T'es sapé comme un prince ! »

Le genre de compliment qui vous tourne la tête.

Le refuge de la Simon Community se trouve tout au bout de Fair Green. Entre la gare, à l'ouest, et le dépôt des bus, au sud. Sans doute qu'ils apprécient les vrombissements de moteur... Je ne sais combien de S.D.F. ils ont sortis de la rue. Chez eux, la règle, c'est : propreté, efficacité, disponibilité. Dans une ville où pratiquement tout le monde critique pratiquement tout, la Simon Community est la seule à être unanimement encensée. J'ai poussé la porte et le gars de l'accueil m'a fait :

« Bonjour.

— Bonjour ! J'aimerais voir Ronald Bryson.

— Une petite minute. »

Pas d'ondes négatives. Dans un lieu qui voit défiler tant de misères, on se serait attendu à une ambiance déprimante. Mais pas du tout. Un grand type dégingandé – un bon mètre quatre-vingt-cinq, queue-de-cheval et visage anguleux couvert d'acné –, en jean, T-shirt noir et gilet de daim, s'est amené. L'énergie d'un chasseur indien pistant un gibier. Pas pressé, comme s'il savait où vous trouver. Il a articulé :

« Je suis Ron. »

Je me suis levé, la main tendue :

« Jack Taylor. Merci de me recevoir. »

Il a agité la main, ignorant la mienne, et a fait :

« C'est tout naturel, Jack. Trouvons-nous un coin tranquille. »

Anglais. Et de Londres, à en croire ce je-ne-sais-quoi de flegmatique dans son élocution. À peine perceptible, néanmoins décelable.

Il a proposé :

« Café ?

— Non, merci, ça va. »

On est entrés dans une petite pièce. Il est passé derrière son bureau, s'est bien carré dans son fauteuil et a posé les pieds sur la table. De vieux mocassins éculés, achetés au Népal, ça ne faisait pas un pli. Je me suis posé sur une chaise de bois. Il a sorti de sa poche une blague à tabac en cuir et a entrepris de se rouler une clope, puis m'a regardé, le sourcil haussé : j'y ai vu une invitation. J'ai fait non de la tête et me suis allumé une Marlboro. Je me suis penché vers lui pour lui offrir du feu. Il a fait :

« Sympa, ce briquet.

– Oui.

– Avant toute chose, Jack, laisse-moi te préciser quel est mon rôle, ici. Je ne suis pas membre de la Simon Community. Je suis travailleur social de formation. J'ai mon diplôme. »

Il a marqué une pause, histoire de me laisser me pénétrer à fond de cette information de poids. Je me suis fendu du petit sourire de circonstance. Style trop impressionné pour l'ouvrir. Il a enchaîné :

« Alors, même si je suis à leur disposition, je ne fais pas partie de l'organisation. »

Il s'est tu. J'ai dit :

« Un genre de consultant, quoi... »

Petit rire acidulé.

« Loin de là. Considère plutôt mon rôle comme celui d'un conseiller.

– Ah ! Comme ça, c'est clair.

– Bien. Alors, quel est ton problème, Jack ? »

J'ai sorti la liste des *tinkers* assassinés et je l'ai posée sur son bureau.

« Mon problème, c'est que quelqu'un élimine des *tinkers. Ces tinkers-là.* »

Il a ôté ses pieds du bureau. Soudain très boulot-boulot, il a parcouru la liste des yeux et a fait :

« Je suis au courant... Je connaissais tous ces garçons. Mais je ne vois pas en quoi ça te concerne, Jack. Tu n'es pas flic et je suis certain que ce n'étaient pas des cousins à toi. »

Là, un grand sourire, pour me prouver qu'il avait le sens de l'humour. Que, si bardé de diplômes soit-il, il n'était pas au-dessus de la rigolade. Comme là. J'ai dit :

« On m'a demandé de faire la lumière là-dessus. »

Une note d'incrédulité dans la voix, il a fait :

« Genre détective privé à vingt livres par jour, plus les frais ? J'adore ! Y a qu'en Irlande que c'est encore possible. Je vois le tableau... Pourquoi c'est moi que t'es venu voir ?

— Vous les connaissiez.

— Ah ! tout s'éclaire ! Putain, tu vas devoir interviewer une sacrée tripotée de gens, Jack ! C'étaient des *tinkers*. Ils connaissaient la moitié du pays.

— S'il y a quoi que ce soit...

— Holà ! Doucement, l'ami... Tu pourrais développer ? Je voudrais être sûr de bien tout comprendre.

— Qu'est-ce qu'il y a à comprendre, Ron ? Vous pouvez m'aider... ou pas ?

— Le coup du privé inflexible, maintenant... J'adore ! Cela dit, ce que j'aimerais comprendre, c'est... si tu as un quelconque statut légal.

— Aucun.

— Alors, si je te jette comme un chèque en bois, il faut que tu te tires ? »

Ron s'amusait comme un petit fou.

« C'est exact, Ron. Je fais appel à votre cœur. »

Là, quelque chose est passé sur son visage. Pas une ombre. Trop fugace, trop impalpable pour ça, mais, à coup sûr, très proche dans la noirceur. Il a fait, entre ses dents serrées :

« Ne va pas commettre cette erreur, Jack. Les appels à l'aide, ce n'est pas mon truc. Ce n'est pas... ce n'est *jamais* la bonne façon de se comporter avec moi.

— Toutes mes excuses, Ron. J'ai dû me laisser emporter. J'ai oublié que vous étiez un travailleur social. »

De nouveau, son visage a changé. Allez savoir quel bouton je pressais, mais, à chaque fois, je tirais le jackpot. Cela dit, je savais pertinemment pourquoi je le faisais. Pour déstabiliser ce petit merdeux prétentieux. Visiblement agacé, il a fait :

« L'autorité, ça ne te réussit pas. Voyons voir... T'as jamais eu de boulot stable, pas vrai ? »

Ça, c'était davantage dans mes cordes. J'étais capable de jouer à ce petit jeu :

« J'ai été flic. »

Touché, mais pas coulé.

« Mais t'as pas fait des étincelles, je dirais. Tu n'as pas vraiment brûlé les échelons de la réussite, n'est-ce pas ?

— Vous êtes très fin psychologue, Ron. »

Il s'est rengorgé :

« Ça fait un bout de temps que je suis dans le métier, Jack.

— Ça se voit. Mon problème, c'est qu'on attendait de nous qu'on soit, nous aussi, des espèces de travailleurs sociaux. Moi, j'avais espéré être tout simplement humain. »

Il n'a pas mordu à l'hameçon. L'instant était passé et Ron était retombé dans son mode de fonctionnement ordinaire. Il m'a gratifié d'un grand sourire.

« Il se peut que je me sois trompé sur toi, Jack. Pour être franc, je t'avais classé parmi ceux qui ont une éponge à la place du cerveau. Des alcoolos, j'en ai vu défiler des flopées et y en a pas des masses qui soient capables d'aligner deux idées.

— Mais ça n'a en rien entamé votre compassion... »

Non. La partie était terminée. Une chiquenaude à ma liste et il a entamé son petit laïus de congédiement :

« Tous ces jeunes étaient des alcooliques. Ce mode de vie ne fait pas beaucoup de prisonniers. J'avoue que je suis un peu étonné que tu aies survécu aussi longtemps, toi-même. »

Il s'est levé et a ajouté :

« Ne perds pas ton temps, Jack. Ce sont juste les victimes collatérales d'une guerre sans importance. Ça arrive tous les jours. »

Il m'a tendu une main – que j'ai ignorée – tout en disant :

« Laisse-moi ton numéro de téléphone. Je t'appellerai si quelque chose me revient.

– Merci, Ron. Ç'a été très éclairant.

– Pas pour moi, Jack. En fait, ça m'a fait perdre un temps précieux, moi qui en ai déjà si peu... »

Au moment de sortir, j'ai lancé au gars de l'accueil :

« Merci, hein ! Ron est génial.

– Tout le monde le dit, ouais. »

Dehors, j'ai pris une profonde inspiration et me suis ébroué pour dissiper les picotements qui me hérissaient la nuque. Je me suis retourné. Bryson était planté devant sa fenêtre. Les carreaux déformaient ses traits et donnaient à son sourire une expression étrangement maléfique. Il avait la main à hauteur de braguette et l'agitait de haut en bas, mimant une branlette. Enfin, j'espère qu'il se contentait de la mimer... Comment réagir ? J'ai fait ce que tout bon Irlandais aurait fait. Un doigt d'honneur. Et j'ai filé sans m'attarder.

Agir, c'est être.
Platon

Être, c'est agir.
Socrate

I did it my way...
Sinatra

Je suis allé au Quay's. Keegan m'avait dit qu'il viendrait y prendre le pouls de la clientèle, à l'heure du déjeuner. Et c'est ce qu'il était en train de faire. En pleine action, en train d'affirmer à un couple d'Américains qu'en Irlande, effectivement, les feuilles restent vertes en décembre. Et il a poussé le zèle jusqu'à leur chanter le reste de la ballade[1] – ce qui s'appelle une « exécution » en règle... Il m'a tendu une pinte. J'ai fait :

« *Wow !* Ça, c'est du service rapide !

– Y a pas que le service. C'est tout le pays qui l'est. »

La sono diffusait un tube de U2. *Angel of Harlem*.

« C'est vraiment du traditionnel, ça, bordel ? a demandé Keegan.

1. *Only Our Rivers*, de Michael McConnell (1973), popularisée par le groupe Planxty.

— Pour certains, on ne fait pas plus traditionnel.

— Mais où sont les *diddley-do*, les *bodhrans* et les *uileann pipes* ?

— Bravo, l'accent !

— Je me suis entraîné avant de venir.

— Ça se voit.

— Sérieusement, Jack, c'est chantonnable, ce truc-là ?

— Ben... parmi tous les trucs qu'on peut dire de U2 — et George Pelecanos a pratiquement tout dit —, je n'ai pas l'impression que le terme "chantonnable" ait jamais été employé...

— Qui c'est, ce Pel... ecan... os ?

— Un des plus grands auteurs de polars.

— Ho ! déconne pas. Le plus grand, c'est McBain. »

Il s'est envoyé une lampée de Guinness — la moitié de sa pinte d'une seule goulée. Même le barman en est resté bouche bée. Keegan a marqué une pause, a roté et a fait :

« C'est le boudin qui doit me revenir.

— T'en as mangé ?

— Y a intérêt ! Au Jury, ils te servent le vrai petit déj' à l'irlandaise, avec saucisses, tomates poêlées, œufs sur le plat, tranches de bacon...

— *Rashers.*

— Quoi ?

— En Irlande, on ne dit pas “tranches de bacon”, on dit *rashers*.

— Pourquoi ?

— Parce que ça nous plaît.

— J’envisage de me faire faire un tatouage.

— Quel genre ?

— *Éire* et un brun de *shamrock*. T’en penses quoi ?

— Putain, t’es pas facile à suivre, Keegan !

— Vide donc ton verre, va... Ça fait du bien ! »

On s’est installés à une table.

« Comment ça s’est passé, avec ta petite poulette ? il m’a demandé.

— Attends, eh là... “Poulette”... Plus personne ne dit ça, à part Terry Wogan[1].

— Alors ?

— Ç’a été super. Génial, même.

— Moi, pareil. J’ai pratiquement pas débandé de la nuit. »

Il avait clamé ça d’une voix tonitruante, à la londonienne, si bien que plus personne dans le pub n’ignorait rien de sa folle nuit de baise. Mais il avait tellement la gueule du flic que personne n’a osé lui dire de la fermer.

Il m’a demandé :

« Et ce travailleur social que tu devais aller voir ?

1. Fantaisiste et D.J. irlandais, qui est aussi, depuis des années, le présentateur attitré du concours de l’Eurovision pour le public anglophone.

— Bryson ?

— Ça me dit quelque chose, ce nom...

— Il y a Bill Bryson, l'écrivain voyageur...

— Je lis que du McBain. Alors, comment ça s'est passé ? »

Je lui ai résumé ma visite. Quand je me suis tu, il a fait :

« Qu'est-ce qu'il te dit, ton flair ?

— C'est lui qui les a liquidés.

— *Wow !* Voilà qui ce s'appelle sauter aux conclusions, mon vieux.

— C'est lui.

— Alors, qu'est-ce qu'on fait maintenant ?

— Je vais tâcher de dégoter tout ce que je peux à son sujet. »

Il a sorti un stylo. À mon grand étonnement, ç'avait tout l'air d'être un Parker en or. Il a fait :

« Un cadeau d'Unsworth.

— Unsworth ?

— Une collègue black, qui bosse dans mon commissariat. »

Plutôt surpris, j'ai demandé :

« T'es pote avec une Black, toi ? »

Il a levé les yeux vers moi :

« Avec moi, faut pas se fier aux apparences... Un peu comme avec toi, Jack.

— Ça, ça s'arrose ! »

On l'a fait. Je lui ai donné toutes les infos que j'avais sur Bryson. Il a dit :

« Je vais passer un coup de fil à mon patron. Si ton gusse est vraiment de Londres, on retrouvera sa trace.

— Je te revaudrai ça.

— Ouais, ben, en attendant, pourquoi tu ne nous remets pas une tournée ? »

Un peu plus tard, il m'a demandé :

« Comment tu vois les choses, dans l'immédiat ?

— Dès que j'ai son adresse, j'y fonce et je fouille partout.

— Je suis partant.

— T'es sûr ?

— Le vol avec effraction, c'est ma spécialité, O.K. ? Bon, ben, je vais aller me faire tatouer... C'est *Home and Away*[1] qui m'en a donné envie.

— Tu regardes ce truc-là ?

— Ben, comme tout le monde, non ? »

Et là, allez savoir pourquoi, j'ai senti comme une bouffée d'affection pour lui. Il était là, devant moi, comme un Popeye Doyle bourré, suant et soufflant. Par chance, il m'a quitté avant que je dise quoi que ce soit. Le barman m'a fait :

« Jack.

1. Feuilleton australien qui, depuis 1988, relate la vie au jour le jour des habitants de la petite ville de Summer Bay.

— Ouais.

— Les Spice Girls en sont à leur neuvième numéro un.

— Pourquoi tu me dis ça, bordel ?

— T'aimes pas être au top de l'actualité ?

— Mais c'est pas vrai ! »

La dernière fois que j'avais vu les Spice Girls, j'étais bourré de coke jusqu'aux yeux. Posh ressemblait de façon dérangeante à Cliff Richard jeune. Je ne sais toujours pas pour lequel des deux c'est le pire. Pour Beckham, y a pas photo...

Je suis rentré à Hidden Valley ivre mort. J'ai enfin sorti mes fringues du sèche-linge. Elles n'étaient pas tant sèches que cuites. Mon cuir aurait tenu debout tout seul. Je ne l'ai pas supporté. J'ai sorti le fer à repasser. Ils ne vous le conseillent pas discrètement, ils vous l'enjoignent :

« Ne repassez jamais du cuir ! »

Qu'ils aillent se faire foutre.

*

La veille de la Toussaint, je suis allé rendre visite à mes chers disparus. Sweeper m'avait prêté le van. Il était passé tôt le matin et m'avait demandé quels étaient mes projets pour la journée. J'avais répondu :

« Tous ceux que j'ai le plus aimés et que j'ai le plus maltraités sont enterrés à Rahoon. Ça fait plus d'un an et je ne suis toujours pas allé réciter le Kaddish.

— Le ka... quoi ?

— M'incliner sur leur tombe. »

Il a hoché la tête d'un air solennel. Ça, il comprenait. S'il y a une chose que les clans comprennent bien mieux que nous, c'est le chagrin. Dieu sait que ce n'est pas l'expérience qui leur manque, dans ce domaine. Il m'a demandé :

« Tu veux que je vienne avec toi ?

— Non. Il vaut mieux que je sois seul pour ça.

— Je vais te laisser le van.

— T'as payé ta vignette ? »

Large sourire.

« Dis donc, Jack Taylor, tu parles comme un flic, là. Tu étais réglo, comme flic, à ce qu'on raconte.

— En vertu du cinquième amendement, j'ai le droit de garder le silence. »

Moins d'une heure plus tard, quelqu'un est venu garer le van dans la ruelle. Bourré de fleurs. Comme Keegan, Sweeper savait y faire. J'avais mis mon costard Saint-Vincent-de-Paul. Il m'allait vaguement. En clair, ça se voyait qu'il n'était pas de première main. Après lui avoir raconté ma visite à Bryson, Sweeper m'avait demandé :

« C'est lui, tu crois ?
— Oui.
— Alors, je vais lui faire la peau.
— T'emballe pas, ho ! J'ai encore quelques petites choses à vérifier.
— Et là, je lui ferai la peau.
— Arrête de dire ça, Sweeper. Tu m'as demandé de t'aider et il faut que tu me fasses confiance.
— Je te fais confiance. »
Cela dit sans grande conviction.
« Alors, pas de bain de sang ?
— J'attendrai.
— O.K. »
Arrivé au cimetière de Rahoon, je me suis garé devant les grilles et j'ai pris une brassée de fleurs. Deux gamins jouaient au ballon à l'entrée. L'un d'eux m'a demandé :
« Z'êtes *tinker*, m'sieur ?
— Ça te regarde ?
— C'est une bagnole de *tinker*, ça.
— À quoi tu le vois ?
— Y a pas de vignette.
— Ah ! T'es sûr que t'as le droit de jouer ici ? »
Le deuxième gamin a pointé le pouce en direction des tombes et a fait :
« Ils s'en foutent pas mal, eux. »
Je l'ai regardé au fond des yeux :

« T'en es vraiment certain ? »

Ils ont déguerpi. D'abord, je suis allé saluer mon père. Je peux dire, la main sur le cœur, que c'était un authentique gentleman. Au sens où on l'entendait autrefois. Un jour, une femme m'a dit :

« Ton père, c'était un monsieur. »

Sacré mot. Et mérité... Un peu plus loin se trouvait la tombe de Padraig. Le roi des poivrots de Galway, le temps d'un règne aussi bref que glorieux. Il avait dirigé sa troupe avec flair et humour, jusqu'à ce que le bus de Salthill lui passe dessus. Il y a là-dedans une terrible ironie, mais elle m'échappe. J'ai versé quelques gouttes de Jameson par terre. C'est une prière qu'il aurait sûrement appréciée. Après Padraig, Sean, l'ancien propriétaire du Grogan's. Me rappeler la joie que lui avait causée ma brève période de sobriété m'a fait mal. C'était à cause de moi qu'on l'avait tué. Écrasante culpabilité. J'ai déposé des roses sur sa tombe, sans une parole. Ce que j'avais à lui dire, il n'aurait pas voulu l'entendre à l'époque où j'étais alcoolo. De toute façon, à l'époque, j'aurais été incapable de le faire.

L'alcool est une vraie saloperie. J'avais tellement envie d'un verre que j'en sentais le goût sur ma langue.

Quatrième et dernière tombe : celle de Sarah

Henderson. Morte à seize ans. Sa tombe — toute blanche, bien entretenue, sans un brin d'herbe — disparaissait sous un monceau de poèmes encadrés, de jouets et de peluches. La tribu au grand complet, de Britney à Barney, le dinosaure, en passant par Barbie. Sa mère était venue me demander de faire la preuve que sa fille ne s'était pas suicidée. Plusieurs autres adolescentes étaient mortes au cours d'une « épidémie de suicides ». L'affaire avait été élucidée. Les gosses avaient été assassinées[1]. Ce qui n'était pas prévu, c'est que la mort de Sarah avait bel et bien été un suicide. Ça, je ne l'avais, bien entendu, pas dit à sa mère. À l'époque, j'étais fou amoureux d'elle. J'avais tout gâché et j'étais parti pour Londres. Une voix a fait :

« Jack... »

L'espace d'une seconde, j'ai cru que c'était Sarah. Puis une ombre est tombée sur moi. Ann Henderson, rayonnante. Le visage radieux. Ses yeux se sont posés sur moi. Rameutant mon esprit de repartie, j'ai soufflé :

« Ann... »

Elle a regardé la tombe de sa fille :

« Tu lui as apporté six roses blanches.

— Ben...

— Tu t'es souvenu... C'est formidable. »

J'étais complètement sidéré. J'ai essayé de mettre en branle les rouages de mon cerveau,

1. Voir *Delirium tremens*, Folio Policier n° 417.

mais vous croyez qu'il m'aurait filé un coup de main ? Des clous. Elle me scrutait.

« Tu t'es encore fait casser le nez. Oh ! Jack ! Qu'est-ce qu'on va bien pouvoir faire de toi ? »

On !

Elle, en tout cas, elle pouvait faire de moi tout ce qui lui chantait. Moi, sensible ? Allons donc... Je l'ai entendue dire :

« Cela dit, tu as des dents magnifiques. C'est des implants ?

– Mmmm... si on veut... »

Vous pensez peut-être que je m'en serais tenu là, que je me serais ressaisi. Que dalle ! Elle m'a demandé, de cet insupportable ton débordant de sollicitude que l'on réserve à ceux qu'on a perdus de vue :

« Qu'est-ce que tu deviens, Jack ? »

J'étais groggy et, pire, j'en redemandais. Sonné debout, disons... J'ai fait :

« Ben, en fait, je suis marié. »

Ça ne vous ferait pas péter les plombs ? C'est ce que ça m'a fait. J'ai prié intérieurement pour qu'elle ne me dise pas à quel point elle était heureuse pour moi. Elle s'est écriée :

« Oh ! Jack ! C'est formidable ! Elle est d'ici ?

– Non... euh... elle m'a plaqué.

– Jack... »

Il fallait que je sache ce qu'elle avait, elle, fait de sa vie et j'avais beau redouter de l'apprendre, j'ai demandé :

« Et toi, alors ? Tu vois toujours... euh...

– Oui. La date est fixée. C'est pour juin. Il faudra venir. Promets-moi d'être là. »

Je ne sais pas ce que j'ai répondu. J'ai filé, les jambes flageolantes, trébuchant sur les tombes et jurant, avec une affreuse envie de pleurer. Sur le côté du van, un des gamins avait bombé en fluo :

TINKER.

Et tu m'as tenu la main,
sans raison aucune.

J'avais eu Laura au téléphone :

« Jack, tu me manques.

— Ah bon ! Ben…

— On peut se voir ?

— Sûr.

— Parce que Keegan, il sort avec ma copine. Ils ont conclu. Elle va essayer, pour son bébé.

— Il appréciera certainement. Écoute, et si on dînait ensemble demain soir ?

— Tu vas m'emmener dans un restaurant, en vrai ? »

Pourquoi est-ce que j'avais toujours l'impression qu'elle se fichait de moi ? Dès que je m'emballe, les gens me sautent dessus en criant :

« Pauvre con ! »

Alors, t'emballe pas, Jack.

« On se retrouve à huit heures au Garavan's ; on verra après où on va.

— Je vais me faire toute belle pour toi, Jack.

— Ça, j'en doute pas. »

J'avais réussi sans trop de mal à me passer de ma dose quotidienne de coke. Une bonne chose, sans aucun doute. Ce soir-là, je m'étais couché tôt et j'avais l'impression d'être à peine endormi quand le téléphone a sonné. J'ai regardé l'heure : quatre heures passées…

« Y a intérêt à ce que ce soit sérieux ! » me suis-je dit.

« Jack ? Je t'ai réveillé ?

— Qui est à l'appareil ?

— Je pensais que tu allais siroter du whiskey toute la nuit.

— Bryson.

— Qu'est-ce qui te prend ? Tu m'appelles Ron, d'habitude. Allez, sois sympa, Jack.

— Qu'est-ce qui vous amène ? »

Il avait quelque chose d'amusé dans la voix, un ton un peu traînant.

« Jack, j'avais envie de t'emmerder. De te rendre la monnaie de ta pièce.

— Ça va venir, mon vieux.

— T'as fait ta petite enquête, Jack ?

— Pourquoi ?… Vous avez quelque chose à cacher ?

— Le *Suspect numéro 1*, ce serait moi ? Toi, en revanche, t'as malheureusement rien de Helen Mirren.

— Ça vous plairait, Ron, d'être un suspect ?

— La ramène pas avec moi, espèce d'éponge à bière !

— Non mais, dites donc ! Ça vous fait bander, les pochards, Ron ?

— Et qu'est-ce qui te donne le droit de faire ton psy, monsieur le privé ? Ann Henderson… ça te dit quelque chose ? »

J'ai retenu mon souffle. Il l'a senti et a continué :

« Ça te la coupe, hein, Jack ? Maintenant, t'as une petite idée, tu sais à qui t'as affaire. »

Il fallait que je me ressaisisse et que je fume une clope, mais, putain ! impossible de mettre la main dessus. J'ai fait :

« Je sais très bien à qui j'ai affaire.

— Et à qui donc, je te prie ? a-t-il dit d'une voix de fausset.

— À un malade qui se branle derrière ses carreaux.

— 8 bis, Hidden Valley. C'est bien ça, Jack ? »

Il m'avait eu, encore une fois. Il a poursuivi :

« Je passerai peut-être sans prévenir, pour te faire une petite surprise.

— C'est une menace, Ron ? Parce que les menaces, j'aime pas trop ça.

— Tu t'y habitueras. Hélas ! faut que je pique un roupillon, parce que, demain, je dois m'occuper d'un bon paquet de poivrots.

— Vous *occuper* ?

— Ben, oui, Jack. Je vais m'en occuper. Soigneusement. Tu t'en apercevras bien assez tôt. »

Clic !

Je suis sorti du lit en jurant :

« Mais elles sont où, ces putains de clopes ? »

Le lendemain, impossible de mettre la main sur Keegan : il faisait le Connemara. « Que Dieu protège les indigènes ! » me suis-je dit *in petto*. Sweeper allait défendre sa position comme chef de clan. Au pied de la lettre. Chez eux, de temps à autre, un jeune mâle lance un défi et le problème se règle à mains nues. En général, le spectacle se tient aux environs de Mullingar et draine des foules immenses. Les paris servent de pôle d'attraction, des fortunes sont mises en jeu. Seuls les *tinkers* sont capables de produire autant d'argent liquide. Bien entendu, les *gardaí* seraient rencardés sur le lieu, la date et l'heure. Ils ne lésineraient pas et disposeraient d'énormes forces exactement là où il ne fallait pas. Au grand régal des médias, qui, à chaque fois, les montraient au J.T. en train d'interpeller d'innocents automobilistes. J'avais promis d'y aller dans la soirée. Sans être certain de tenir ma parole.

À ce moment-là, j'ai décidé de prendre rendez-vous avec Brendan Flood. Il a suggéré le Supermac. J'y suis arrivé le premier et me suis installé. Symptôme de la nouvelle Irlande, c'étaient deux Noirs qui nettoyaient les tables. Je n'ai pas manqué de leur dire « Bonjour ! », ce qui a plutôt eu l'air de leur flanquer la trouille. Bon Dieu ! Attendez qu'ils voient ce que les pubs allaient vomir à quatre heures du mat'. Là, ils sauraient vraiment ce que c'est que d'avoir peur. Les flics et les taxis évitent le secteur pendant la castagne. Parce que eux, ils savent... Brendan est arrivé dans un costume remarquablement similaire à mon récent achat.

« Ils ont le nettoyage gratuit, ai-je dit.

— Qui ça ?

— À Saint-Vincent-de-Paul.

— Comment tu sais ça ?

— Je suis détective... »

Il regardait autour de lui. J'ai demandé :

« Pourquoi t'as choisi cet endroit ?

— Leurs frites au curry sont délicieuses.

— T'en veux ?

— Ah non ! J'ai arrêté, par pénitence. »

Je n'ai pas relevé. La moindre remarque aurait déclenché un chapelet de litanies ecclésiastiques. Je lui ai filé une liasse de billets :

« Pour les missions.

— Qu'est-ce que tu me veux ?

— L'adresse de Ronald Bryson, et ses horaires. »

Il a hoché la tête :

« Tu l'as rencontré ?

– Oui.
– C'est lui, alors ?
– C'est lui. »

*

J'avais pris mon portable, ce qui m'arrive très rarement. Il faut vraiment que je sorte davantage. Quand il sonne, ça me file une chiasse instantanée et je jure : « Plus jamais ça ! » Seuls Jeff, Sweeper et Keegan avaient mon numéro. Ça me donnait l'impression artificielle de tout contrôler. Je m'étais mis sur mon trente et un. Avec mon manteau de cuir devenu complètement « craquant ». Une bonne averse du Galway le ramènerait vite à la raison... Chemise blanche et jean délavé, ultradoux. Quand on l'enfile, le corps en danse de reconnaissance. Presque blanc, à mi-chemin entre le pré-délavé et la désintégration. Enfin, mes boots Bally. Oh ! Kiki...

Comme je descendais en ville, deux *gardaí* se sont approchés. À eux deux, ils devaient bien avoir vingt ans. J'ai lancé dans mon jargon pur Galway :

« Min ! »

Ils ont répondu :

« M'sieur... »

Quel âge ils me donnaient ?

Au Garavan's, il y avait de l'ambiance. Le vieux Galway continue d'y traîner ses guêtres. Un copain d'école m'a hélé :

« Jack ! »

J'ai répondu :

« Liam... »

Point-barre. Le summum de la chaleur irlandaise, c'est-à-dire une pudeur absolue. Moi, ça me convient. Laura était assise au fond du pub. Elle s'est levée pour me dire bonjour. Ce qu'elle avait sur le dos ne peut s'appeler qu'un caraco. On voyait tout. Elle a fait une pirouette, je me suis exclamé :

« *Wow !*

— T'as dit *"Wow !"* ?

— Mieux que ça. »

Je me suis demandé où allait passer sa robe si jamais elle décidait de s'asseoir.

« Ça s'appelle un fourreau.

— Compte pas sur moi pour te contredire. »

Personnellement j'aurais appelé ça un mouchoir, mais passons. Elle sentait bon, alors, je le lui ai dit.

« C'est "Paris"... »

Comment en douter ?

« Qu'est-ce que tu bois ?

— Un Metz. »

J'ai cru qu'elle plaisantait. Je lui ai demandé :

« Tu plaisantes ?

— Non. Je prends toujours ça.

— Mais... c'est une boisson de poivrot. Ça va titrer dans les cent degrés. »

Elle était perdue :

« C'est dans une bouteille argentée. Y a du schnaps et de l'orange dedans, et c'est écrit "Metz" en lettres noires.

— Ah bon ! »

Je me sentais comme un vrai trouduc. Je suis allé au comptoir. Il y en avait des étagères entières, avec toutes les autres boissons dites « pour jeunes ». Foutrement toxiques, oui... Je suis revenu vers elle avec son truc et une pinte, et je lui ai demandé :

« Tu veux un verre ?

— Non, mais... ça va pas ? »

Dans ma jeunesse, quand on buvait au goulot, c'était parce qu'il n'y avait pas de verres. Mon portable a sonné. Je n'avais pas envie de répondre, mais on ne sait jamais. Si Sweeper avait des ennuis ? C'était Jeff, et j'ai senti à sa voix que ça n'allait pas fort.

« Jack ?

— Jeff, ça se passe comment ?

— Cathy vient d'accoucher.

— Oh, génial ! Elle va bien ?

— Je ne sais pas. Tu peux venir ?

— J'arrive. »

J'ai mis Laura au courant. Elle a demandé :

« Une fille ou un garçon ?
— Euhhh…
— Combien il pèse ?
— Euhhh…
— Jack !
— Enfin, merde, Laura ! C'est des questions de nanas, ça. Les hommes pensent jamais à demander ça. »

En tout cas, pas ceux que je connais.

« Tu ferais mieux d'y aller, a-t-elle dit.
— Et toi ?
— Je peux t'attendre à Hidden Valley ?
— Sûr. »

Je lui ai passé les clés. Elle a remarqué la médaille miraculeuse et m'a demandé :

« Tu as une dévotion spéciale pour la Sainte Vierge ? »

Ces Irlandaises sont incroyables. Elles savent jongler entre la réalité brute et une naïveté craquante. Au moment où vous croyez les saisir, elles vous déboussolent complètement.

« C'est Jeff qui me l'a donnée.
— Alors, ne t'inquiète pas pour le bébé. »

Elle s'est penchée vers moi et m'a roulé une vraie pelle.

« Je t'ai dans la peau jusqu'au trognon… »

Comme je le disais, elles vous déboussolent...

L'avènement de Serena May

J'ai pris un taxi dans Dominic Street. Le chauffeur a entamé la conversation :

« Savez leur problème, à Manchester United ? »

En arrivant à l'hôpital, il en était à :

« Et savez qui c'est qu'est derrière tout ça ? »

Jeff était à l'accueil.

« Viens, on sort, m'a-t-il dit. J'ai besoin de fumer.

– Mais tu ne fumes plus !

– Ça va, Jack... Comme si j'avais besoin qu'on me fasse la morale... »

Bien vu. Il avait vraiment une sale mine. Ça m'arrive tellement souvent d'être dans les choux que je suis tout surpris quand ça arrive à quelqu'un d'autre. Mais je n'ai rien dit. J'ai secoué mon paquet de cigarettes, actionné le Zippo. En avalant sa première bouffée, il a fait :

« Si j'avais de la coke, je me défoncerais. »

À l'époque où j'ai connu Jeff, c'était *Mister Cool*. Jamais la gueule, jamais de mauvais poil, lisse comme un lac sans vent. Mais la vie le tenait par les couilles, maintenant.

« Alors, qu'est-ce que je fais ? Je te félicite, je t'achète des cigares ?

– Elle a accouché.

– Garçon ou fille ?... Et attends... il pèse combien ?

– C'est une fille. Mais comment je saurais combien elle pèse, moi ? C'est une toute petite chose. »

Voilà, voyez bien que ça fait une différence ! Le Jeff du *Big Lebowski* était devenu papa. Ça se sentait au son de sa voix. En quelques mots, il était passé du hippie au père protecteur. Sidérant. C'était fait, il était pris.

« On est là depuis ce matin. Putain ! Cathy a été formidable. Et puis, à six heures, ils ont parlé de césarienne. Oh ! Jack, j'ai cru que j'allais tourner de l'œil, mon vieux. L'infirmière descend et elle me tend les bijoux de Cathy. J'ai cru qu'elle était morte. Bordel ! c'était comme la fin du monde... Tu sais, si je la perds, moi, je disparais. »

Effectivement, pendant quelques instants on aurait dit qu'il était parti, mais il s'est ressaisi :

« À sept heures moins dix, ils m'annoncent : "Toutes nos félicitations, monsieur, vous êtes papa !" Mais ils disent ça tout bas. J'ai senti qu'y avait quelque chose qui ne tournait pas rond. Ils m'apportent ce tout petit paquet, enveloppé dans des langes. Ma fille... Moi, les bébés, j'y connais rien de rien, Jack, mais on aurait dit qu'elle était… comme ramollie. Sur ce, le pédiatre arrive à son tour et m'annonce : "Je suis désolé, mais votre bébé est trisomique." »

J'ai cru que Jeff allait s'évanouir.

« Jeff, mon grand, tu veux quelque chose ? Du thé, du café… un verre ? »

Il m'a pris une autre cigarette, sans l'allumer, et a poursuivi :

« Moi, j'arrive pas à me remettre. Je me dis : "Mais de quoi ils me parlent ? La mucoviscidose, ou une horreur dans le genre ?" J'arrivais à retrouver les noms, mais pas les détails des maladies. Tu connais la chanson, vieux. Tu te souviens de l'air, mais pas des paroles... »

Une longue pause, pendant laquelle il a repris son souffle, puis :

« Bon, finalement, le type m'explique. Elle a un chromosome en plus et, dans son cas, la trisomie est légère, ce qui veut dire qu'elle mettra six mois ou un an pour rattraper les autres gosses. Moi, je vais voir Cathy, et tu sais ce qu'elle me dit, Jack ? »

J'ai secoué la tête. Parler ? J'arrivais même pas à fumer.

« Elle m'a fait : "Mon chéri, j'ai pas assuré." Ces paroles-là, je les emporterai jusque dans la tombe. L'infirmière me tend le bébé et Cathy me demande : "Tu l'aimes, mon chéri ?" »

Là, Jeff s'est redressé et m'a tendu sa cigarette non allumée :

« Merci, je n'en aurai pas besoin.

– T'as raison. Maintenant, t'as une fille à élever. »

Ils l'ont appelée Serena May. Serena à cause du Karma, et May parce qu'« en mai fais ce qu'il te plaît ». Ils m'ont demandé d'être le parrain. Jeff m'avait invité à monter voir Cathy et la petite mais, dans cette chambre d'hôpital, je me suis senti comme un intrus. J'ai commencé par rechigner :

« Non... Parrain, c'est pas trop mon truc... »

Mais Cathy m'a lancé un tel regard que j'ai ajouté :

« Mais je serais très flatté d'être son tuteur. »

Jeff m'a tendu le bébé et j'ai protesté avec tous les tics propres à la virilité. Jusqu'à ce que Cathy me dise :

« Allez, vas-y, exerce tout de suite ta mauvaise influence ! »

Je l'ai prise dans mes bras. Un minuscule petit être, qui ne pesait pas plus d'une demi-pinte. Elle a ouvert les yeux et m'a regardé.

« Mais, ma parole, elle me mate ! »

À quoi Jeff a rétorqué :

« Les *gardaí*, elle sait déjà les reconnaître. »

Et là, j'ai saisi fugitivement ce que savait Thomas Merton. Serena n'avait pas un chromosome en plus. C'est à nous, les « normaux », qu'il manque cette étincelle supplémentaire. Si seulement j'avais pu prolonger cet instant et garder l'énergie, j'aurais pu me passer de l'oubli. Un savoir tel que celui-là est un scandale, et rares sont ceux qui parviennent à l'utiliser avec prudence. J'en étais encore moins capable que je l'avais imaginé.

*

À quatre heures du matin, j'étais de retour à Hidden Valley. Il y avait de la lumière dans la cuisine. J'ai trouvé Laura pelotonnée dans le fauteuil. En me voyant, elle a explosé :

« Il était là, il attendait ici quand je suis arrivée. Je ne l'ai pas vu tout de suite et il m'a fait peur. Il a eu l'air de trouver ça marrant. Il a dit qu'il était travailleur social et qu'il prenait sa tâche au sérieux. Il venait te voir par devoir, puisque t'as un problème d'alcool. Il m'a demandé si j'étais ta femme et même si j'étais Ann Henderson. Après, il a dit que, pour un alcoolique, t'étais un sacré tombeur, mais qu'on se demandait vraiment bien comment. Ensuite, il m'a dit : "C'est parce que t'es pas capable de te dégoter un gars normal ou parce que t'as un penchant pour les pervers ?" »

J'en avais l'estomac retourné de la voir trembler à ce point-là. Je me suis approché, me suis penché vers elle :

« C'est fini, maintenant. Je suis là et je ne te laisserai plus jamais. »

Elle m'a attrapé et serré fort contre elle :

« Il m'a dit qu'il était un de tes amis, Jack.

— D'accord. Est-ce qu'il t'a touchée ?

— Non.

— T'es sûre ?

— Jack, il me faisait peur.

— Allons, ça ira, je te promets. On va aller se coucher. Je te tiendrai bien serrée contre moi et ça n'arrivera plus jamais. »

Elle m'a cru. Pendant qu'elle s'endormait, bien plaquée contre moi, je me suis retenu pour ne pas prendre le 9 mm et filer lui faire exploser la cervelle, à ce salaud. Ces moments-là ont certainement eu une grande influence sur la suite des événements. S'il fallait que je désigne avec précision l'instant où j'ai commis la pire erreur de jugement de ma vie, je dirais que c'est juste là que tout a commencé.

Le lendemain, à midi, Brendan Flood m'a appelé. Il avait l'adresse et les horaires de Bryson.

« Comment t'as dégoté tout ça ?

— Le Seigneur y a pourvu.

— Je vois...

— J'ai parlé de toi à mon groupe.

— Ton groupe ?

— Oui, on se retrouve pour prier, réciter le chapelet et implorer le salut de nos âmes.

— Je vois. »

Vraiment ?

« Ton nom sera cité pendant les neuf prochaines semaines. »

Neuf semaines, 9 mm… que de munitions !

« Merci. Enfin, je crois...

— Ne te moque pas, Jack. Les miracles existent. Regarde comment moi, je me suis repenti. »

Exactement ce qui m'inquiétait. J'ai appelé l'hôtel Jury. On m'a passé un Keegan complètement groggy. J'ai fait :

« On peut se voir ?

— Putain, mais il est quelle heure ? Et où on est, dans quel pays ?

— En Irlande.

— Merde ! Je croyais que j'étais rentré chez moi.

— Tu peux me retrouver au G.B.C. à trois heures ?

— C'est un pub ?

— Non, un café.

— Pourquoi pas au pub ?

— On a du boulot.

— Justement, raison de plus ! »

Et il a raccroché.

J'hésitais à prendre mon revolver, mais, après tout, Keegan valait bien tous les flingues, non ? Il était en retard. J'ai commandé un thé. La serveuse m'a dit :

« Nous avons de délicieux scones.

— C'est ce que dit ma mère. »

Elle s'est rapprochée, tout ouïe :

« Je la connais ? »

Il était temps de lui clore le bec :

« Pas vraiment. Elle est morte. »

Rideau.

Keegan est arrivé et s'est fait envoyer promener :

« C'est la première fois que je vois quelqu'un de désagréable en Irlande.

— Ah bon ? Moi, elle m'a offert des scones.

— L'enfoirée ! »

Malgré ça, il avait l'air remarquablement frais et dispos. Je le lui ai dit. Il a sorti une flasque en argent. Aux armes de Galway.

« C'est ma copine qui me l'a donnée. Dedans, y a du *poteen*.

— Du *poitín*.

— C'est pas ce que j'ai dit ?

— Si, si, bien sûr... »

Il en a lampé une bonne rasade :

« Aaahhh ! La serveuse a déjà l'air nettement plus sympa. Tu veux goûter ?

— Non, merci. Bryson est passé chez moi. »

Et je lui ai raconté les derniers événements, y compris le bébé de Jeff.

« Trisomique... Y avait un truand, dans mon secteur, qui avait une môme comme ça.

— Elle était comment ? »

Son visage s'est éclairé.

« Elle s'appelait Chelsea, je me rappelle... Oh ! elle était si mignonne, et quel numéro ! Malheureusement, je me suis servi d'elle pour coincer son père.

— Quoi ?

— Joue pas l'effarouché, Jack ! Je suis flic. Je suis pas un type gentil, moi. C'est pour ça qu'on est là et que je m'énerve à cause d'une mocheté de serveuse. »

Il lui a lancé un regard. Elle s'apprêtait à lui apporter un menu mais, en voyant son expression, elle a changé d'avis.

« Moi, a-t-il dit, si un salopard comme Bryson venait chez moi et foutait la trouille à ma copine, je le buterais. »

Il avait la rage. Avec la bave au coin des lèvres. Il a continué :

« L'année dernière, à Clapham, on a eu un violeur en série. Les gradés ont utilisé une de mes collègues pour l'appâter. Ils l'ont envoyée toute seule au casse-pipe, ces salauds. Les renforts sont arrivés trop tard. Moi pas.

— Qu'est-ce qui s'était passé ?

— Il l'avait flanquée par terre, lui avait déchiré son collant et lui tenait un couteau sous la gorge en hurlant des obscénités. Je l'ai attrapé au collet et tu sais ce qu'il a fait ?

— Non.

— Il s'est foutu de ma gueule. Il m'a dit qu'il serait sorti dans six mois et qu'à ce moment-là il se la ferait.

— Et… il serait vraiment sorti ?

— Même plus tôt, sans doute...

— Alors, qu'est-ce que t'as fait ?

— Je l'ai aidé à tomber sur sa lame.

— Quoi ?

— Ouais, t'as bien entendu. Tu crois pas qu'on devrait se tirer ?

— Jette un œil à la table du coin, près de la porte. »

Il l'a fait.

Un type bien vêtu, manifestement paumé, débitait sa chanson à un couple d'âge mûr. Ils écoutaient avec attention, suspendus à ses lèvres.

« Qu'est-ce qui se passe ? a demandé Keegan. Une arnaque ?

— Si l'appel à la compassion, c'est de l'arnaque, alors oui... Il leur raconte, dans un anglais approximatif mais bien prononcé, comment il a laissé une petite sacoche dans un café. Mais il est dans tous ses états : il y a tellement de cafés, et ils se ressemblent tous... Il avait tout là-dedans : son billet de retour, son passeport, ses cartes de crédit.

— Quel minable ! Et ça marche ?

— Mais il ne demande rien, en tout cas rien de concret. C'est leur compassion qu'il recherche. Ils sont tout retournés par un tel malheur.

— Tu le connais ?

— Bien sûr. C'est un ancien flic.

— Il mériterait qu'on lui balance une bonne tarte.

— Pourquoi ? C'est le "crime sans victime" dans toute sa splendeur. Il ne leur vole qu'un peu de leur temps et un soupçon d'émotion. »

En sortant, je lui ai dit :

« Bryson habite dans un studio à côté des docks. »

Keegan était encore plongé dans cette histoire de compassion.

« On est vraiment dans un pays bizarre, et toi, Jack, t'es peut-être le plus bizarre de tous.

— Allez, Keegan ! Me dis pas que t'as pas des types de ce genre-là dans ton secteur !

— Des dizaines. Mais tu vois, à Londres, il prendrait leur adresse et, par un mardi bien calme, il passerait dans le coin, violerait la femme et couperait la tête au type.

— C'est déjà arrivé ?

— Avant, j'avais un chien. Je l'avais appelé Meyer Meyer, à cause d'un personnage d'Ed McBain. C'était un bâtard. Il paraît qu'y a pas mieux pour draguer les nanas.

— Et alors ?

— Oh ! lui, il les attrapait, les poulettes... Moi, j'attirais que leurs clebs. Qui m'aboyaient dessus, en prime... »

J'ai ri.

« Y avait un psychopathe en liberté, à ce moment-là. Dans les journaux, on l'appelait "la Torche". Il a arrosé Meyer Meyer d'essence et il a gratté une allumette.

— Bordel !

— Je l'aimais bien, mon vieux Meyer... Il me tenait compagnie.

— Et la Torche, qu'est-ce que tu lui as fait ?

— Rien.

— Allez, Keegan…

— On l'a jamais pris.

— Ah ! »

Les demi-vérités que j'ai fourguées étaient toutes bien en dessous de la vérité.

Phyl Kennedy

Christopher McQuarrie, auteur du scénario de *Usual Suspects* et metteur en scène de *The Way of the Gun*, raconte :

« J'avais peur d'engager James Caan, parce que j'avais entendu des histoires circuler à son sujet. La première chose qu'il m'a dite a été : "Espèce de connard." À croire qu'il avait, lui aussi, entendu parler de moi. »

Je racontais ça à Keegan en allant vers Merchants Road, juste à deux minutes des docks.

« Alors, comment on se la joue ? »

Avec un sourire sardonique, il m'a répondu :

« Direct. »

Il a sorti un trousseau de clés et ouvert la porte de devant. Au premier étage, porte 107. Keegan a ressorti ses clés. À peine entrés, l'odeur nous a sauté à la gorge. Ça puait l'encens.

« Ce gars-là aime bien la fumette... a dit Keegan.

— Il fume de l'encens ?

— Allez, imprime ! »

J'ai fait de mon mieux.

Un grand living qui avait tout l'air d'une décharge. Des tapis indiens par terre, des fringues partout.

« Pas très ordonné, le gars ! » a fait Keegan.

La cuisine était un vrai foutoir. Des vieux emballages de pizzas ou de hamburgers posés dans tous les coins. Des piles d'assiettes sales dans l'évier.

« Fais le living, m'a ordonné Keegan, moi, je m'occupe de la chambre. »

J'ai trouvé une pile de *Time Out*, avec la rubrique gay particulièrement écornée. Sur la table, *Gore Vidal* de Fred Kaplan. J'ai crié ma découverte à Keegan, en ajoutant :

« Merde ! Il est dédicacé !

— Par Fred ou par Gore ? »

La question m'a laissé sans voix. Il est sorti de la chambre avec une pile de magazines :

« Du sado-maso hard, du porno gay, du fétichisme et l'éternel favori, le bondage...

— Mais aucune preuve...

— Les preuves, c'est du surfait.

— Pas au tribunal.

— C'est ce que tu crois. Tu regardes jamais *The Practice*, à la télé ? »

On a continué à fouiller, mais sans succès. En partant, j'ai mis le *Vidal* dans ma poche.

« Ça, ça va lui manquer, m'a dit Keegan.

– Je sais.

– Et les cinq cents grammes d'herbe ?

– T'as pris la défonce ?

– Ou vice versa... »

Ce soir-là, j'avais décidé de garnir les rayons de ma bibliothèque. J'ai fait un saut chez Charlie Byrne et j'en suis ressorti chargé comme un baudet. Je ne suis pas du genre maniaque : aucun besoin de ranger mes bouquins par ordre alphabétique ou de les aligner par format. Non, ce qui me plaît, c'est le mélange. Faire côtoyer Paul Theroux et St. Vida. Ça, c'est du vice... Ou Pelecanos avec Jim Thompson, Flann O'Brien avec Thomas Merton. Au cours des six derniers mois, j'avais lu *La maison des feuilles* de Danielewski, *Une œuvre déchirante d'un génie renversant* de Dave Eggers, et découvert David Peace.

À portée de main, les poèmes d'Ann Sexton : *To Bedlam and Partways Back*. Encore un écrivain dont le suicide et l'esprit troublé projetaient des ombres dans lesquelles je me reconnaissais. On a sonné à la porte. Sweeper est quasiment tombé quand je l'ai ouverte. Il avait un œil au beurre noir et du sang plein les cheveux. Il s'est approché d'une chaise en boitillant :

« Un whiskey, s'il te plaît, Jack Taylor. »

Je n'ai pas lésiné. Il l'a englouti, je lui ai donné une cigarette et j'ai demandé :

« Tu t'es battu en costard ?

— Cette fois-ci, c'était pas un défi.

— C'était autre chose, alors ?

— Oui, autre chose. On peut dire ça comme ça. »

Il m'a fixé de ses grands yeux sombres et m'a demandé :

« Qu'est-ce que tu penses de nous, les *tinkers* ?

— Tu as vraiment besoin de me le demander ?

— Aujourd'hui, oui.

— Je travaille avec vous et ça me plaît. »

Ce regard, qui ne cillait pas.

« Et si on habitait à côté, Jack Taylor, ce serait comment ?

— Animé. »

Léger sourire.

« On va voir si tu es sincère.

— Tu ne me crois pas ?

— Suis-moi. »

Le van était garé dans la ruelle, couvert de gnons.

« Putain, mais qu'est-ce qui s'est passé ? On t'a balancé des caillasses ou quoi ?

— Exactement. »

Il a passé la première en me demandant :

« Une aire de stationnement, tu sais ce que c'est ?

– Un endroit où on parque les clans, style terrain de camping ? »

Ça l'a amusé. Il a marmonné :

« Terrain de camping, ça fait vraiment banal. »

Il y avait comme de la condescendance nauséabonde dans sa voix.

« Ho ! Sweeper ! calme ta joie. Je ne sais pas ce qui est arrivé, mais moi, en tout cas, j'y suis pour rien. N'oublie pas que je suis avec vous. »

Une certaine amertume a glissé de ses yeux à ses lèvres qui se sont mises à trembloter, comme s'il avait un tic. Il s'est passé la main sur la bouche :

« Toi, tu fais partie des sédentaires. Même si tu te considères comme un hors-la-loi, tu en fais partie. »

J'ai laissé passer, mais putain ! ça ne m'a pas plu du tout, du tout... J'ai sorti une cigarette.

« Allumes-en deux », a fait Sweeper.

Mon côté infantile me poussait à lui dire :

« T'as qu'à t'en acheter. »

Mais une fois allumées, je lui en ai tendu une.

« Je t'ai blessé, Jack Taylor.

– Du calme, mon gars. »

Il s'est concentré sur sa conduite. La nicotine est venue alourdir l'atmosphère déjà pesante. Il s'est arrêté à Dangan Heights et on est sortis de voiture. Il a montré la vallée d'un signe de tête :

« Regarde ça. »

Je voyais surtout de la fumée.

« Y a des incendies, des feux de lande. Et alors ?

– C'est ça, notre "terrain de camping"... »

En regardant plus attentivement, j'ai vu des gens, l'air hébété, qui zigzaguaient dans la brume. Des hommes, en boitillant, apportaient des seaux d'eau inutiles pour tenter d'éteindre les flammes. Des enfants, pieds nus, pleuraient en s'agrippant à leurs mères. Aucune caravane n'était indemne. Celles qui n'étaient pas en flammes étaient renversées ou calcinées.

« Mais où sont les *gardaí* ? » ai-je demandé.

Il a grogné avec dérision et m'a fait :

« T'écoutes les infos, non ?

– Bien sûr.

– Et ils en ont parlé ?

– Non.

– Parce que c'est pas une info.

– Qui a fait ça ?

– De bons paroissiens qui vont à la messe le dimanche. »

J'ai pensé à ma mère et je ne l'ai pas contredit. J'ai regardé son costume, ses cheveux :

« Tu y étais ?

— Oui, mais je suis arrivé trop tard. C'est pas que ça aurait changé grand-chose. Mais j'en ai quand même empêché deux de châtrer un de mes cousins.

— On se croirait dans *Soldier Blue*.

— On se croirait dans la nouvelle Irlande.

— Qu'est-ce que vous allez faire ?

— On va reconstruire. Comme à chaque fois.

— Je ne sais pas quoi dire. »

Il m'a attrapé le bras :

« Viens. Je te ramène.

— Je pourrais peut-être aller donner un coup de main ?

— Un sédentaire ne serait pas le bienvenu aujourd'hui, ni avant longtemps. »

On a fait le trajet de retour en silence. Une fois à la maison, je lui ai dit :

« Appelle-moi si tu as besoin de quoi que ce soit.

— J'ai besoin d'une seule chose, Jack Taylor.

— Laquelle ?

— Que tu trouves celui qui assassine les miens. »

Quelles lois craindrez-vous si, dansant,
vous ne trébuchez sur aucune chaîne
de fer forgée de main d'homme ?

Khalil Gibran, *Le Prophète*

Je ne savais pas du tout comment avoir Ronald Bryson. Le buter était la solution la plus séduisante. Mais pour ça, il me fallait une putain de preuve. Bien sûr, je pouvais toujours dire une prière, mais je ne m'y fiais pas beaucoup. Quel que soit le cours des choses, je ne croyais pas du tout que la religion m'aiderait à coincer ce fumier. Alors j'ai fait ce que je fais quand je suis dans une impasse : j'ai lu. Appelez ça une fuite, si vous voulez. Moi, j'appelle ça la paix. Ma dernière découverte, c'était Robert Irwin. Il me réjouissait. Intellectuel de Cambridge et toxico enragé. J'aurais bien aimé le rencontrer au cours d'une virée dans les pubs. Un succès assuré. Son livre brillant et déjanté, *Satan and Co*, venait juste d'être republié. Ça se passe dans le *swinging London* de 1967 et c'est irracontable. J'étais tellement mordu que j'avais demandé à Vinny de me dénicher *Cadavre exquis*, qui traite du mouvement surréaliste dans les années trente. Pour lire ça, il n'est pas indispensable de se trouver dans l'ouest de l'Irlande avec une ligne de coke et un bon verre de Black Bush, mais putain, le rush y gagne...

Après ça, j'avais le projet de refaire un tour du côté de James Sallis. Surtout sa série des Lew Griffin. Ça me propulserait exactement là où il fallait pour mieux comprendre le merdier ambiant. Le téléphone a sonné. J'ai avalé une rasade de Bush et attrapé le combiné.

« Jack !

– Laura ! »

Elle pleurait, la voix haletante.

« Calme-toi, ma puce, je suis là. Dis-moi où tu es.

– À Eyre Square, dans une cabine téléphonique.

– Ne bouge pas. J'arrive. »

J'ai trouvé la cabine et une Laura au bord de l'hystérie. Quand j'ai ouvert la porte, elle a sursauté.

« Shshsh, ça va aller… », ai-je fait.

Je l'ai prise dans mes bras. Une passante m'a lancé un regard venimeux.

« Je lui ai rien fait !

– Vous dites tous la même chose... »

Laura m'a passé un sac en papier tout chiffonné. Avec le logo de Zhivago Records.

« C'est un cadeau pour toi, Jack. »

Ça m'a achevé. Avec la haine, ça donne un cocktail explosif. J'ai fait asseoir Laura sur un banc. À l'autre bout, un poivrot affalé chantonnait quelque chose qui ressemblait à un air de Britney Spears.

Allez comprendre...

« Qu'est-ce qui s'est passé ?

– J'étais en train de bavarder avec Declan, chez Zhivago, quand j'ai vu le type.

– Quel type ? »

Comme si je ne pouvais pas deviner.

« L'Anglais qui est venu chez toi.

– Bryson.

– Quand je suis sortie de la boutique, il m'a suivie.

– Tu aurais dû le dire à Declan, il lui aurait botté le cul.

– Je voulais pas faire d'histoires. »

C'est ainsi que le mal prospère, parce que des braves gens ne veulent pas faire d'histoires. Elle a continué :

« Il me faisait peur. J'étais arrivée au niveau de Faller's quand il m'a rattrapée. Il m'a dit : “Te presse donc pas comme ça. Je te ferai pas de mal. Je voudrais que tu remettes quelque chose à Jack, tu veux bien ?” J'ai dit que je voulais bien, et là il m'a craché à la figure. »

Je lui ai essuyé le visage, comme si le crachat y était encore. La rage m'aveuglait presque. Je l'ai prise dans mes bras :

« Je vais t'emmener chez des amis, d'accord ? »

Elle s'accrochait à moi en suppliant :

« Tu ne le laisseras pas me faire du mal, Jack ?

— Je te le promets, ma puce. »

Je l'ai emmenée au Nestor's. Jeff était au bar et la sentinelle à son poste. J'ai fait asseoir Laura sur la chaise en bois et suis allé au comptoir. La sentinelle m'a demandé :

« T'as une nouvelle femme ?

— La petite est en état de choc, tu veux bien t'en occuper un moment ? » ai-je dit à Jeff.

Il a haussé un sourcil, mais a répondu :

« Je vais chercher Cathy.

— Comment va Serena May ?

— En pleine forme.

— Je reviens dans quelques minutes. »

J'étais fou de rage, je m'en serais pris à n'importe qui.

« Fais pas de conneries, m'a dit Jeff.

— Ça veut dire quoi, ça ? »

Il a levé les mains comme pour se rendre :

« Ho ! lâche-moi ! Si tu voyais ta tête... »

J'ai filé.

Je dévalais Forster Street quand j'ai entendu quelqu'un crier mon nom. J'ai continué comme si de rien n'était et j'ai senti qu'on m'attrapait par le bras. J'ai fait demi-tour, pour me retrouver face à Keegan.

« Où tu cours comme ça, dis ?

— Tire-toi. »

Il ne m'a pas lâché :

« Ça fait une sacrée paye qu'on ne m'a pas dit ça, Jack.

— Tu vas me lâcher le bras ?

— Dis-moi d'abord ce que tu mijotes. »

J'ai poussé un énorme soupir, qui aurait fait la fierté de ma mère. La hargne commençait à se dissiper. Je voulais la retenir un peu.

« Je vais lui faire sauter la cervelle, à cet enculé !

— C'est pas malin, Jack.

— Rien à foutre, figure-toi. T'as dit toi-même que t'exploserais celui qui toucherait à ta femme. »

Il a acquiescé.

« Oui, mais sans témoin. Laisse-moi y aller et je verrai de quoi il retourne. Reste ici, fume une clope, et reprends-toi. »

Ça se tenait. J'ai fait :

« Ça se tient.

— O.K. Salut. »

Je l'ai regardé partir en direction de Fair Green et bifurquer vers la Simon Community. Même de loin, on sentait que son allure menaçante était foireuse. J'essayais d'oublier tous les dégâts que j'avais envie de causer et me suis assis sur le muret, siège préféré de nombreuses bandes de poivrots bon teint. L'alcool à brûler qu'ils picolaient n'arrivait pas dans de jolis flacons et ne se trouvait pas dans les pubs branchés. Non, c'était un vrai tord-boyaux, le « Jack » ou la « Dame blanche » du sud-est de Londres. De l'alcool à brûler titrant cent degrés. Il m'est arrivé d'en avaler quelques gouttes, à l'occasion.

J'ai préféré penser aux livres. Comme le disait Tommy Kennedy :

« Il viendra un temps où les livres seront ton seul refuge. Alors tu liras avec frénésie, comme si ta vie en dépendait. »

Mon existence et, en tout cas, ma santé mentale s'étaient réfugiées dans la lecture pendant bien des journées noires. J'ai résolu de me trouver la biographie de Chester Himes par James Sallis. De David Gates, j'avais tout relu. Son *Jernigan* pourrait être le récit de ma vie, si j'avais reçu une éducation classique. J'ai entendu appeler :

« Jack ! »

En émergeant de mes pensées, j'ai vu Keegan, qui m'a demandé :

« Putain, Jack, où t'étais ?

— Ben, là...

— À voir tes yeux, on croirait pas. Moi, je te le dis, mon grand, va falloir que t'arrêtes de sniffer ! Ça te cuit la cervelle.

— Je pensais à des livres.

— C.Q.F.D. ! »

Je me suis levé :

« Qu'est-ce qui a merdé ?

— Il s'est fait la malle.

— Bordel ! »

Je sentais mes neurones s'activer, mais je n'arrivais pas à rétablir les connexions.

« Mon chef m'a appelé de Londres, m'a annoncé Keegan.

— Qui ça ?

— Mon divisionnaire.

— Et qu'est-ce qu'il a trouvé ?

— Le gars vient d'un milieu rupin, bourré aux as. École privée et tout le merdier... C'est vrai qu'il est travailleur social. Mais y a un hic : il a bossé dans au moins dix centres différents. Ceux qui hébergent des alcoolos ou des "exclus", comme disent les bonnes âmes. À chaque fois qu'il est parti, la situation n'était pas claire. Rien de précis, mais une atmosphère très trouble. D'ailleurs, si des gens disparaissaient, ça emmerdait qui ? Et puis, finalement, il a fait comme tous les gusses un peu malins : il a quitté l'Angleterre. »

Ça y est, ça se connectait.

« Il suit Laura et l'attaque délibérément, en sachant ce qu'elle va faire. Qu'elle va m'appeler. Et moi, me précipiter chez lui. Du coup, chez moi, y aura personne... »

Keegan a acquiescé :

« Allons-y !

— Il se sera déjà cassé.

— Allons voir ce qu'il t'a laissé. »

En chemin, il m'a dit :

« Toi, Jack, tu crois que je vous comprends pas, vous autres. Comme si j'étais un Irlandais en toc. »

J'ai commencé à protester, mais il ne s'est pas démonté :

« C'est pas parce que j'aime votre putain de folklore que je vois pas clair. Ma mère, elle était irlandaise et, là-bas, en Angleterre, quand ils élèvent leurs mômes, ils en font des Irlandais plus vrais que nature. "Élevés ? qu'elle disait. Je vous ai pas élevés, je vous ai conservés à la température ambiante, comme la confiture Fruitfield." Tu vois, mon grand, toi, t'as peut-être vécu ici, mais moi, j'ai mariné là-dedans. Une crosse de hurley, je savais ce que c'était avant même de tenir sur mes jambes. Faut dire que quand elle la maniait, c'est sûr que les jambes, j'en avais plus... Alors, mon grand, fais-moi plaisir, lâche-moi avec tes binious celtiques. »

Je n'ai pas eu besoin de répondre car on arrivait à la maison. La porte était grande ouverte. Keegan a fait :

« Oh-oh ! »

Et il est entré le premier. L'odeur nous a immédiatement assailli les narines. Un énorme étron au milieu de la cuisine. Toute la vaisselle fracassée par terre, les murs souillés d'excréments. Dans la pièce de devant, mes livres neufs en lambeaux étaient empilés sur le divan éventré et le tout puait l'urine.

« Je m'occupe du nettoyage », a dit Keegan.

Je suis monté à l'étage. Mes vêtements neufs étaient en pièces et jetés dans la cuvette des waters. Sur mon oreiller, un mot qui disait :

« T'as envie de jouer, Jack ? »

Keegan m'a hurlé :

« Alors ? »

La coke avait disparu mais, plus inquiétant encore, le 9 mm aussi. Je me demandais si j'allais le dire à Keegan quand le téléphone a sonné.

« Je prends ! » a fait Keegan.

Bien sûr, je n'entendais que ses réponses :

« Jack n'est pas disponible… Oh ! mais je sais qui tu es, Ronald… Et qui je suis, moi ? Le sergent Keegan de la Metropolitan Police, et j'ai tout un dossier sur toi, fiston. Et il y a de quoi... Oh ! mais dis donc, t'es bien mal embouché… Oui, oui, j'ai vu ce que t'as fait ici. Très impressionnant ! J'espère vraiment que tu t'es torché le cul… Ne hurle pas, Ron !… Voilà, c'est mieux, fiston... Ah ! tu quittes le pays ? Réfléchis bien à ce que je te dis : un de ces jours, tu sentiras quelqu'un te taper sur l'épaule et devine qui ça sera ?… On a quelque chose en commun… Oh ! oui, j'ai un passé plus que douteux. La bête qui vous donne des orgasmes, à vous, les lecteurs du *Guardian*… Non, non, Ron, te soucie pas de la juridiction, ce sera pas un problème pour moi. Tu vas encore chier dans ton froc et, cette fois, je te le ferai bouffer... Salut ! Ç'a été un plaisir de bavarder avec toi. »

J'étais à côté de Keegan quand il a raccroché.

« Il se tire ? ai-je demandé.

— C'est ce qu'il dit.

— J'avais un flingue, ici, et il a disparu.

— T'inquiète, je le lui ferai bouffer aussi.

— À mon avis, il ne va pas partir tout de suite.

— Je suis d'accord. »

Keegan a dit qu'il allait chercher une entreprise de nettoyage dans les « PagesJaunes ».

« Toi, va voir ta copine, a-t-il ajouté.

— Merci, Keegan.

— De rien. Tu sais, moi, nettoyer la merde, c'est mon boulot.

— Ça me gêne de t'appeler Keegan tout le temps. C'est quoi, ton prénom ?

— Ça te gêne ? C'est bien dommage, mais tu t'en remettras, va... »

Tous les insulaires, quelle que soit
leur origine ethnique,
vivent avec une sorte de désir inassouvi.
Le désir d'un voyage qu'ils refoulent,
par crainte de l'inconnu.
Les Blancs le réduisent à une démarche
esthétique. Vivre sur une île est en soi
une excuse pour ne jamais partir et rêver
de voyages.

John Straley, *The Angels Will Not Care*

Chez Roches Stores, ils vendent des badges. J'ai failli passer sans les voir quand ce qu'il y avait dessus m'a attiré l'œil. J'ai glissé un billet dans le tronc et pris deux badges. Le premier, je l'ai accroché au revers de ma veste, l'autre, je l'ai mis dans ma poche. Quand je suis arrivé au Nestor's, Jeff regardait les infos sur Sky News :

« Ils recomptent les bulletins, mais je crois que Bush va passer. À la Maison-Blanche, ou en prison. »

La sentinelle a demandé :

« Et McGovern, il vit toujours ? »

Comme personne ne répondait, il a ajouté :

« Moi, j'aimais bien Carter, à cause des cacahuètes.

— Ta copine va bien, m'a dit Jeff. Elle est en haut avec Cathy et le bébé. »

Remarquant le truc qui brillait à ma boutonnière, il a demandé :

« C'est quoi, ce badge ? C'est pas les Croisés du Christ, quand même ? »

Je me suis rapproché pour qu'il le voie mieux. Sur le badge, il y avait deux mains dont les doigts s'effleuraient à peine.

« C'est pour soutenir quoi ? »

J'ai pris une bonne inspiration, conscient que tout pouvait foirer, et j'ai dit :

« L'association d'aide aux trisomiques. Ça représente les gens normaux qui tendent la main aux... »

Je me suis arrêté. J'aurais difficilement pu faire pire.

« Ça me plaît », a-t-il dit.

J'ai sorti le second de ma poche :

« Tiens ! »

Il l'a gardé dans sa main :

« T'as pris un risque.

– Tu me connais, Jeff. Celui-qui-navigue-au-plus-près, c'est moi... »

Il l'a accroché à sa chemise :

« Ça me touche. »

Là-haut, tout le monde faisait des câlins au bébé. Cathy regardait la scène avec une expression émerveillée.

« Tout va bien pour tout le monde ? » ai-je demandé.

Cathy a souri.

« Mieux que jamais. »

J'y ai passé l'après-midi. En réussissant à écluser tout doucement quelques pintes, pas grand-chose, quoi. J'aurais été capable d'entrer à quatre pattes dans une bouteille de whiskey, mais elles m'auraient tué. Donc, je ne me suis pas énervé. Cathy a préparé un délicieux *Irish stew*.

« Comment t'as appris ça ? T'es anglaise, non ?

– J'ai tout mis en même temps dans le fait-tout, avec plein de viande et des patates, et puis j'ai laissé un peu trop cuire. Jeff m'a dit : "Ajoutes-y donc une goutte de *poitín*..." »

Elle a prononcé le mot comme une vraie native du Connemara. Au cours de ma vie tourmentée, j'ai rarement eu l'occasion de me retrouver en famille. Pas par refus. Mais c'est que je n'étais pas préparé à ces petites attentions qui vous y amènent. J'ai un caractère fondamentalement égoïste, or, pour participer à la vie de famille, il faut savoir faire de la place aux autres. En outre, j'étais passé maître dans l'art du sabotage. Pour paraphraser Oscar Wilde, tout alcoolique détruit l'image qu'il aimerait donner de lui-même. Je voulais pouvoir prendre une cuite quand j'en avais envie, et lire jusqu'à l'aube si ça me chantait. Je n'étais pas prêt à sacrifier tout ça pour l'amour de la compagnie. Et malgré tout, j'aurais tellement voulu être différent. Me plonger dans la chaleur familiale et m'y sentir bien. Mais ce jour-là, j'avais de la chance. Dieu merci, je n'avais pas besoin d'attendre que ce soit passé pour m'en rendre compte, après coup. Les orages qui me menaçaient paraissaient se tasser. Quand je suis parti avec Laura, Cathy a, sans le vouloir, sonné le glas de cette embellie :

« On devrait faire ça plus souvent. »

Je savais que c'était un vœu pieux. L'atmosphère s'est légèrement assombrie, sans se gâcher totalement. Pendant qu'on rentrait à Hidden Valley, Laura a passé son bras sous le mien. Elle m'a fait :

« Il t'a plu, le C.D. ? »

Merde ! J'avais complètement oublié le paquet qu'elle m'avait glissé dans les mains. Je l'avais fourré dans ma poche de veste et il m'était totalement sorti de l'esprit.

« Je ne voulais pas ouvrir le paquet sans toi.

— Ce que t'es romantique, Jack ! »

Bon, d'accord... Je l'ai avertie :

« La maison est dans un sale état.

— C'est qui ? Le même type ?

— Non, des vandales. »

La maison était nickel. Plus le moindre signe de chaos.

Même les étagères étaient garnies de livres, encore que ça m'avait tout l'air d'être les œuvres complètes d'Ed McBain, en quatre-vingts volumes. J'ai fait :

« *Wow !*

– Elle est impeccable, la maison, Jack.

– T'as raison. »

Je n'arrivais pas à croire que Keegan ait rempli la bibliothèque. Ça m'a scié. Je regarderais ce qu'il avait choisi plus tard. La joie est une chose tellement aléatoire qu'il faut la prendre par petites doses. J'ai dit :

« Allez, on boit un coup ?

– Non, on tire un coup.

– Alors, les deux ! »

C'est ce qu'on a fait.

C'était bien. Aucun doute, je faisais des progrès. Je n'ai jamais été un roi de la bagatelle, mais ça s'en rapprochait. Je compensais ce manque de savoir-faire par un débordement d'énergie. Allongé sur le lit, j'ai ouvert le paquet de chez Zhivago, regardé le C.D. et poussé un :

« Oh, c'est pas vrai ! »

Elle s'est relevée, alarmée :

« Il te plaît pas ? »

C'était *Just Another Town* de Johnny Duhan. Je lui ai répondu :

« Si, j'adore, mais ça me rappelle tellement de choses que je ne sais pas si je serai capable… »

En 1982, j'étais encore flic et je sortais avec

une fille de Bohermore. Je me passais cet album jusqu'à saturation. Je respirais littéralement une des plages : *Shot Down*. La fille me disait :

« Dis, on s'offre une journée Johnny Duhan ? »

Et comment ! Et plus encore : une vraie cure. Pire même qu'une personne normale peut en ingurgiter. Pendant mes années noires, je n'avais raté aucun de ses albums. Plus ses chansons gagnaient en profondeur et plus je m'enfonçais. Avant de me plaquer, la fille m'avait dit :

« Comprends-moi bien, Jack. J'aime bien les chansons tristes mais, chez toi, c'est un vrai besoin. »

Je savais qu'elle avait raison. Au moindre air de fanfare, je suis au bord des larmes. T'en dis quoi, Sigmund ? Plus tard, un jour où je me passais le C.D. – quand je dis « plus tard », j'entends « quelques semaines après » –, Sweeper était dans la cuisine. En écoutant *Just My Kind of Town*, il a dit :

« C'est bien la première fois que j'entends une chanson qui raconte comment j'ai grandi. »

Je lui ai offert le C.D. Comment faire autrement ? Pendant les mois sinistres qui ont suivi la conclusion de cette histoire, je me suis racheté tous les albums de Duhan. Seule Emmylou Harris arrive à m'émouvoir à ce point.

J'ai secoué la tête, comme pour en chasser mes souvenirs, et j'ai dit à Laura :

« Tu ne pouvais pas trouver mieux.

– J'ai failli t'acheter un Elvis. T'aimes ?

– Tu sais, ma puce, pour moi il y a les gens qui aiment Elvis, et les autres. »

Elle m'a fait un sourire radieux. Maintenant, j'aimerais ne jamais l'avoir vue si heureuse. Quand un abîme se creuse, j'y plonge tête baissée. Elle m'a dit :

« Je t'ai écrit un poème. »

Ne sachant comment réagir, j'ai fait :

« Tu écris ? »

Tentant de masquer mon étonnement. Elle a secoué la tête :

« Bien sûr que non ! Juste celui-là. »

Elle a attrapé son sac et m'a tendu un papier d'un geste solennel. Je l'ai ouvert en me fermant comme un cœur de pierre, et en me répétant comme un mantra :

« Je-ne-me-laisserai-pas-émouvoir, je-ne-me-laisserai-pas-émouvoir, je-ne... »

J'ai lu :

L'AMOUR QUI FAIT MAL,
PAR
LAURA NEALON, GALWAY, IRLANDE

Rien qu'à voir ça, j'avais déjà le cœur tout retourné et tout le poème en perspective. Je me suis concentré sur ma lecture :

Mon amour, j'ai perdu
Mon amour venu de l'Ouest
J'attends que la nuit vienne
Cette nuit qui viendra

Je poserai ma tête sur l'oreiller
Mon amour auprès de moi
Je voudrais tant toucher
Mon amour, le regarder

Auprès de toi
J'aime à respirer
J'aime jusqu'à en mourir
Auprès de mon amour
Je voudrais reposer

Je ne sais pas grand-chose, mais je savais qu'il allait bientôt me falloir de l'alcool fort, et une pleine cargaison encore... Je lui ai dit :

« C'est magnifique.

– J'en écrirai jamais d'autres, c'était juste pour…

– Merci beaucoup.

– Dis, Jack, elle était très intelligente, ta femme ?

– Elle m'a plaqué. Tu trouves que c'est une preuve d'intelligence ? »

Elle n'a rien répondu. Puis :

« Cathy dit qu'elle est allée à la fac. »

Cathy ne savait pas tenir sa langue. J'ai répondu :

« C'est vrai.

– Pour faire quoi ? »

Putain ! Ça, en plus du poème... J'étais pas loin de lui répondre par une vanne.

« Un doctorat de métaphysique. »

Elle s'est mordu la lèvre inférieure :

« Je sais même pas ce que ça veut dire. »

Je me suis radouci :

« Ma puce, ma vie n'est pas intéressante. Je pourrais t'en raconter des vertes et des pas mûres, tu sais. Oublie, va... »

Elle a cogité là-dessus, puis :

« Je ne suis pas sûre d'avoir compris ça non plus, mais ça m'a fait du bien. »

Sentant le sommeil me gagner, je lui ai dit :

« Repose-toi donc un peu, ma puce.

– D'accord, mais comme je gagne plein de fric dans mon boulot, je vais t'en donner. »

Seigneur !

Le lendemain, elle est partie tôt. J'avais ce qu'on pourrait appeler une gueule de bois sentimentale. Qui ne tarderait pas à prendre une forme plus classique. Celle-là, au moins, on sait comment la soigner... Quelqu'un avait glissé une enveloppe sous ma porte. Je l'ai ouverte avec précaution : un paquet de gros biffetons. Et un mot :

Tu risques de manquer. Il ne faut pas.

Sweeper...

Il avait une très belle écriture. Presque comme s'il avait écrit avec une plume d'oie. Et merde, c'était peut-être le cas...

Une des premières choses qu'on vous enseigne dans la police, c'est de savoir y faire avec les durs. Et pas dans les manuels. Sur le tas, dans la rue. Toutes les villes en ont un quota. Ce sont des durs, au vrai sens du terme. Impitoyables, inflexibles, implacables. Des types qui, contrairement à la version *light* des pubs, ne friment jamais. C'est inutile. Leur intrépidité se lit dans leur regard. Tous ceux que j'ai rencontrés avaient un trait commun : une loyauté à toute épreuve. Même s'il s'agissait d'un code d'honneur très personnel, ils s'y tenaient. Bill Cassell. Ce n'est pas un nom d'enfer, ça ? Personne, et je dis bien personne, n'a jamais osé faire le moindre jeu de mots avec le dictionnaire du même nom. Bill était un hybride, né d'une mère née à Galway et d'un père venu de nulle part. Sa réputation était redoutable. Les flics se tenaient à distance. Moi, j'avais été à l'école avec lui. Pendant des années, il avait encaissé les baffes.

Avant d'avoir assez grandi pour pouvoir les rendre au centuple. Tous les profs qui lui avaient donné des coups de fouet l'avaient senti passer. Mieux vaut tard que jamais... Bill avait une patience infinie.

Dans les docks, il y a un pub qui s'appelle le Sweeney's. Il est petit, sombre et dangereux. Les passants éventuels s'en font jeter et les touristes ne savent pas qu'il existe. J'avais projeté d'y faire un tour. Avant, je suis allé claquer du fric chez Dunnes Stores. Quel pied ! Ça faisait tellement longtemps que je faisais mes achats dans les boutiques de bienfaisance que les prix m'ont époustouflé. Oh ! et puis merde, je nageais dans le fric. J'ai filé de rayon en rayon, tel un mini-Haughey[1] : un cocktail de culot et de goût très douteux. Quatre sweats, trois jeans, un pantalon de toile à pli permanent, des baskets, des T-shirts blancs, un blouson. La vendeuse m'a lancé :

« Vous avez une carte de fidélité ?

— Je vous le donne en mille...

— Je suis censée vous poser la question. »

Je me demande bien pourquoi je l'emmerdais comme ça. Quand on travaille chez Dunnes, on en a déjà sa dose, d'emmerdes. Je lui ai tendu une vraie petite rançon, lu son nom sur son badge, et j'ai dit :

1. Premier ministre irlandais compromis dans d'énormes scandales financiers.

« Vous êtes une vraie professionnelle, Fiona.

— Comment vous le savez ?

— Touché ! Vous irez loin. »

J'ai rapporté tout ça chez moi. Et réfléchi : pour un rencard avec un gangster, on fait dans le sapé ou dans le râpé ? J'ai opté pour un compromis. Un sweat bleu marine neuf, un jean délavé et mon cuir pourri. Si c'était pas un message brouillé, c'est que j'avais bien perdu mon temps chez les flics. J'ai mis le badge pour les trisomiques sur mon cuir. J'avais la touche du branleur type qui vend des assurances aux personnes du troisième âge. Vite fait, bien fait, je me suis mis du Johnny Duhan, et en route. En descendant Shop Street, j'ai aperçu ma mère devant chez Taffe. La vitrine était vide, totalement vide. Je ne me suis pas arrêté. Devant la boulangerie Griffin, je suis tombé sur le bookmaker que j'avais tondu[1]. L'odeur du pain chaud avait un parfum d'espoir. Je lui ai fait :

« Comment ça va ? »

Il m'a montré son pain :

« J'ai mon casse-croûte.

— Alors ça ira.

— T'as pas l'intention de venir me voir, un de ces quatre ?

— Non, c'est pas prévu.

1. Voir *Delirium tremens*, Série Noire, n° 2721.

— Enfin une bonne nouvelle ! »

Un réfugié m'a demandé mon manteau. Je lui ai dit :

« Non, il a une valeur sentimentale.

— M'en fous, file-le-moi ! »

Doux Jésus !

*

Les docks ont complètement changé. Quand j'étais môme, c'était un endroit à la fois magique et inquiétant. Mi-dangereux, mi-attirant. Les dockers étaient des types qui avaient une sacrée envergure. On pouvait déconner avec n'importe qui, mais jamais avec eux. Personnellement, j'avais eu la chance de rencontrer les meilleurs. Aujourd'hui, le quartier est envahi par des immeubles de luxe, des hôtels flambant neufs, des écoles de langue et des boutiques de loisirs. Si c'est ça le progrès, ce n'est pas une amélioration. Le Sweeney's était comme une oasis, un vestige du Galway d'antan. À mon avis, les promoteurs ont trop la frousse pour même oser aborder les propriétaires du pub. J'ai poussé la porte et inhalé une odeur de poisson et de nicotine. Les conversations se sont tues jusqu'au moment où ils ont réussi à me situer. Après un soupir de soulagement pratiquement audible, les discussions ont repris. Bill était assis à une table, à côté du bar. Il était seul.

Pour un type d'une réputation aussi redoutable, il avait une silhouette plutôt frêle. Encore plus frêle qu'avant. La peau de son visage était tendue à craquer. Comme si quelqu'un y avait appliqué une couche d'apprêt et oublié les finitions. Il avait toujours les yeux comme du granit et enfoncés au fond des orbites. Devant lui, un verre à l'ancienne plein de jus d'orange. Avec des pépins qui flottaient à la surface. Il a fait :

« Jack.

— Bill.

— Assieds-toi. »

Je me suis assis.

Vu de près, on aurait dit qu'il avait le sida. Sans bouger, il a lancé au barman :

« Une pinte pour Jack ! »

Je lui ai demandé :

« Je peux fumer ? »

Il m'a fait un sourire sans joie.

« Sûr. »

Sur le cendrier, il y avait une pub pour Capstan Mild. J'ai sorti une Marlboro et allumé le Zippo. Bill a tendu une main squelettique :

« Tu permets ? »

Je le lui ai passé. Il l'a soupesé :

« C'est pas du chiqué.

— Non.

— Tu veux le vendre ?

— Non, c'est un prêt.

— Comme toute chose, tu crois pas ? »

On m'a apporté ma pinte. J'en ai rarement bu d'aussi bonnes.

« *Sláinte.* »

Il s'en est fallu de peu pour que je lui dise :

« À ta santé. »

Bill m'a laissé savourer cet instant avant de demander :

« Qu'est-ce que tu veux, Jack ?

— De l'aide. »

Il a fixé les yeux sur son jus d'orange, avant d'ajouter :

« À ce qu'on m'a dit, t'as bien arrangé les frères Tiernan.

— C'est pas des copains à toi, j'espère ?

— Si c'était le cas, tu serais pas assis ici. »

Le barman s'est penché pour lui dire :

« On te demande au téléphone.

— Pas maintenant. »

Il s'est tourné vers moi :

« Tu te balades en ville avec un flic.

— Exact.

— Merde, Jack ! C'est un Anglais.

— Il a du sang irlandais.

— Conneries ! »

Le mot a fait trembler son corps fragile. Je lui ai demandé :

« Tu es malade ?

— Cancer du foie.

— Bon Dieu !

— Il n'y est pas pour grand-chose, Lui. C'est plutôt la centrale de Sellafield. Au moins, c'est du nucléaire anglais, ça... À quel genre d'aide tu pensais, Jack ?

— Il y a une fille qui s'appelle Laura Nealon.

— Oui, je connais les Nealon.

— Je voudrais qu'elle soit sous protection.

— Qui c'est qui lui court après, à part toi ?

— Un British du nom de Ronald Bryson. Il travaille quelquefois avec la Simon Community. »

Bill secouait la tête.

« Mais qu'est-ce que t'as avec les Anglais ? T'as passé des années à rêver de partir pour Londres et maintenant c'est Londres qui vient à toi.

— Touché !

— O.K., Jack, tu sais comment ça marche, sinon tu serais pas là. Je vais m'occuper de ça. Mais inutile de te le rappeler : ici, on rase pas gratis.

— Ça veut dire que je suis en dette.

— Exactement.

— Qu'est-ce que tu veux ?

— Qui sait ? Un jour quelqu'un te téléphonera pour te demander un service. Ce sera pas négociable.

— Je connais la musique.

— Alors l'oublie pas, Jack. »

L'entrevue était terminée. Je me suis levé et je lui ai demandé :
« Comment va ta mère ?
– Elle est morte, merci. »

*

En 1987, dans un rapport de stage, une commission de formation des *gardaí* a, pour la première fois, défini la philosophie de la nouvelle force de police :

> *Le* Garda *devra avoir la sagesse de Salomon, la bravoure de David, la force de Samson, la patience de Job, le charisme de Moïse, la bonté du Bon Samaritain, l'habileté stratégique d'Alexandre, la foi de Daniel, la diplomatie de Lincoln, la tolérance du charpentier de Nazareth et, enfin, une connaissance pointue dans tous les domaines touchant aux sciences naturelles, aux sciences sociales et à l'art de la biographie.*

Avec tout ce bagage, on pouvait peut-être faire un bon flic...

Certaines bribes de ces exigences ont traversé mes rêves, cette nuit-là, et j'ai dormi jusqu'à midi. J'étais lessivé. Comme si tous les événements des jours passés avaient pris voix pour me crier :

« Ça suffit ! »

J'avais laissé des messages à Keegan, à Laura et à Sweeper. À Keegan, pour lui dire : « Merci », à Laura pour lui dire : « Allons danser », à Sweeper pour lui dire : « J'y suis presque. » Dans ces trois messages, il n'y avait que deux mensonges. Privé de coke, je m'étais mis au lit avec un bon grog et un des livres offerts par Keegan : *Adieu la vie, adieu l'amour* de Horace McCoy, surtout connu pour *On achève bien les chevaux*. Je me suis endormi avant d'avoir fini mon verre. Au moins, la seule chose que je brûlais, c'était une ampoule.

J'ai pris une bonne douche, histoire de chasser les chimères. Il était temps que je me taille la barbe. J'ai réussi à le faire sans trembler — un progrès du genre tortueux, mais réel. Un sweat propre, un jean neuf, et j'étais fin prêt. Je suis descendu. Dans la boîte aux lettres, il y avait une enveloppe. J'ai reconnu l'écriture : Kiki. Elle n'était pas spécialement légère et contenait sans doute un message d'un certain poids : un café s'imposait. Je me sentais bien, pas du tout abruti. Deux toasts, des tranches de bacon bien grillées. Enfin, des *rashers*, comme je l'avais dit à Keegan. J'ai avalé le tout, me suis resservi un café, j'ai allumé une clope et soufflé : « Kiki. » J'ai ouvert l'enveloppe.

Cher Jack,

Le terme « métaphysique » n'évoque pas la même chose pour tout le monde. Chez certains, il provoque un sentiment d'aversion parce que ce mot recouvre de vagues spéculations, des affirmations incontrôlables et un franchissement des limites du rationnel qui l'apparentent davantage à la poésie qu'à la parole. D'autres perçoivent la métaphysique comme exactement le contraire, c'est-à-dire une tentative obstinée de penser clairement et de manière convaincante. Est-ce que ça t'aiderait, Jack, de connaître l'origine de ce terme ? L'œuvre d'Aristote comprend un certain nombre de brefs traités concernant ce qu'il a d'abord appelé la philosophie. Ces traités ont été réunis dans un recueil en dix volumes par Andronikos de Rhodes qui, suppose-t-on, l'a intitulé Méta-Physique *parce que, dans son édition, ils venaient à la suite des traités intitulés* Physique.

C'est clair pour toi, Jack ?

Pour moi, en tout cas, une chose est claire : je demande le divorce.

KIKI

À la radio, Seamus Heaney raconte que l'Irlande est devenue « chic ». Keegan serait d'accord, mais il le dirait dans un langage un peu plus coloré.

J'ai une nouvelle affaire.

Je prenais un café au Nestor's quand un type s'est approché.

« Monsieur Taylor, vous auriez un instant à m'accorder ?

– Bien sûr, et appelez-moi Jack. »

Encore un accent anglais... Il fallait espérer que Bill n'en aurait pas vent. Le type avait à peu près mon âge, une allure de comptable, une calvitie bien avancée et un visage qui aurait pu être intéressant. Il portait un jean et un gros blouson en denim.

« Je m'appelle Michael Tate. Ça vous dit peut-être quelque chose ?

– Non.

– La F.P.C.G., alors ?

– Pas plus. »

Il a eu l'air très décontenancé. Je lui ai lancé :

« Dites-moi ce que c'est.

– La Fondation pour la protection des cygnes de Galway.

— Ah !

— C'est entièrement bénévole. Nous nous occupons des cygnes.

— Génial.

— Vous avez peut-être lu le *Galway Advertiser* ?

— Pas bien attentivement, non.

— Quelqu'un s'amuse à décapiter les cygnes.

— Bon Dieu !

— Les *gardaí* n'ont pas le temps de faire une enquête. On nous a dit que vous étiez un bon détective.

— Je ne sais pas. Je…

— Sept cygnes en quinze jours. On vous rétribuera, naturellement.

— Ça se produit où et quand ?

— Très tôt le matin, dans le bassin du Claddagh.

— Pourquoi n'ameutez-vous pas les membres de votre association pour monter la garde ? »

Il a regardé ses chaussures. Une paire de grosses godasses de chez Dunnes. J'avais failli acheter les mêmes lors de ma récente expédition.

« La majorité de nos membres n'est plus de la première jeunesse, monsieur Taylor. Même si nous suivions votre conseil, la personne qui fait ça… eh bien... nous ne serions pas de taille à affronter un individu de ce genre, voire pire, un gang...

– Quand s'est passée la dernière attaque ?

– Il y a une semaine. En général, c'est tous les huit jours.

– O.K., je vais voir ce que je peux faire. »

Il s'est levé, m'a tendu une enveloppe.

« J'espère que cela sera suffisant. »

Après son départ, je l'ai ouverte. Un unique billet de vingt livres. J'ai failli crier :

« C'est moi qui paie la tournée ! »

Je n'ai pas commencé mon enquête cette nuit-là. J'avais un vague plan : m'acheter des sous-vêtements en Thermolactyl et descendre au Claddagh tôt le lendemain matin, mais ça n'a pas marché. Laura avait un empêchement :

« Jack, on pourrait aller danser une autre fois, s'il te plaît ?

– Sûr. »

Dans le livre de John Straley, on peut lire ceci :

> *Dans mon univers, il y a ceux qui boivent et ceux qui dansent. Et les deux ne devraient jamais se mêler. J'ai toujours été avec les buveurs, ces introvertis impudents qui se foutent de la musique et se fichent des danseurs en même temps. Dévorés par la jalousie.*

Comme d'hab', mon plan était foireux. Voici ce que je projetais : aller dans un pub tranquille, me siffler tranquillement une autre pinte et rentrer tranquillement à la maison. Tu parles ! Ces derniers temps, j'avais eu des gueules de bois relativement gérables. À peine une légère nausée et un certain sentiment de fragilité. Mais la nouvelle mouture m'est tombée dessus comme la foudre. Je me suis réveillé sur le carreau de la cuisine, un demi-poulet verdissant sur la table. J'ai gerbé je ne sais combien de fois et me suis traîné toute la matinée. J'ai eu beau tout essayer, thé, toast ou flotte, je le rendais. Franchement pas un modèle de santé. Pour vous le prouver, voici l'air qui me trottait dans la tête : *Bend It* par Dave Dee, Dozy, Beaky, Mick and Tich. Je les revoyais dans *Top of the Pops*, pendant les *sixties*, Davy faisant claquer son fouet. J'entendais encore le sifflement du cuir.

Je me suis dirigé vers le Nestor's et, Dieu merci, je n'ai rencontré personne en chemin. J'étais incapable de tenir une allumette, alors encore moins une conversation. Jeff était en train de faire son réassort. Je lui ai demandé :

« Dis donc, avant de t'y mettre vraiment, j'étais ici hier soir ? »

Il a secoué la tête. J'ai fait :

« Ça veut dire quoi, ce hochement de tête ?

— T'es mal barré, Jack. »

J'aurais pu lui rentrer dans le lard, mais j'avais besoin de ma cure.

« Tu pourrais sauter la leçon de morale et me tirer une pinte ? »

Après ça, on s'est tu. J'ai pris mon verre et il s'est affairé derrière le bar. J'ai bu une gorgée, allumé une cigarette, et la porte s'est ouverte. Michael Tate, avec un sac-poubelle plein. Il a hurlé :

« En train de picoler !

— Vu le montant de vos honoraires, il fallait bien que je fête ça ! »

Il a eu l'air prêt à bondir :

« Ils ont bien raison, vous n'êtes qu'un soûlot !

— Voilà un mot qu'on n'entend plus très souvent... »

Il était dans une telle rage qu'il n'arrivait pas à trouver les mots pour l'exprimer. Il s'est décidé pour :

« Vous devriez avoir honte ! »

J'ai préféré essayer de le calmer :

« Ne vous mettez donc pas dans cet état-là. Je vais m'en occuper, de vos cygnes.

— Ah oui ? Et vous pouvez me dire… (là, il a soulevé son sac-poubelle) comment vous allez vous en occuper, de celui-là ? »

Il me l'a balancé.

Le sac s'est ouvert. Je me suis retrouvé couvert de sang et de morceaux de cygne tout sanguinolents. J'ai bondi :

« Putain ! Quel dégueulasse ! »

J'ai entendu Jeff qui faisait :

« Hé ! »

Tate a tourné les talons et a quitté le pub. Jeff a regardé tout ce foutoir :

« Oh ! le merdier ! »

J'ai essayé d'alléger l'atmosphère. L'horreur m'étranglait :

« Faut plus que je rapporte du travail à la maison. »

Acier chirurgien.
Au tréfonds de moi
Un bloc de glace
Me garde froide
Me garde saine d'esprit
Diamant taillé mort précieuse
Acier inflexible qui luit
Dans les recoins obscurs
Mille éclats de verre
Rouges et bleus
Pénètrent dans mes veines
Et se ruent vers mon
Cœur. Acier chirurgien
Qui excise le passé.

Dolores Duggan

Je devais retrouver Keegan en fin de journée. J'avais besoin de la compagnie de quelqu'un qui ne me jugerait pas.

En rentrant du pub, j'avais dû balancer toutes mes fringues. Je me mettais à vider mes armoires comme un Elton John au petit pied... J'ai passé une heure sous la douche, à essayer de me débarrasser de l'odeur du sang. Fut un temps où, comme tout vrai habitant de Galway, j'allais régulièrement nourrir les cygnes. Ça fait partie du patrimoine culturel, dans cette ville. Inutile de dire que, comme les meilleurs moments de mon existence, tout cela appartenait au passé. Et il semblait hautement improbable que je renoue désormais avec cette tradition. Comme l'a dit Jim Dodge dans *Stone Junction* :

« Je ne sais plus rien. Ça doit être le signe que je suis finalement redevenu sain d'esprit et c'est le moment rêvé pour me remettre à délirer. »

Ouais...

Tout près de Hidden Valley, un Lidl et un Argos – et, bien entendu, les incontournables appartements grand standing – venaient de sortir de terre. J'ai croisé mon voisin qui revenait des deux grandes surfaces, attelé à un Caddie débordant de victuailles. Je lui ai fait :

« T'as de quoi tenir tout l'hiver, dis donc.

– À condition de ne pas manger pendant six mois... »

Il a contemplé les nouveaux immeubles :

« J'ai enfin pigé la différence entre un logement et un appart'. »

La chose m'intéressait. J'ai fait :

« Ah oui ?

– C'est bien simple : si la municipalité t'attribue un F2, c'est un logement. Si tu t'en achètes un, c'est un appart'.

– Ça se défend.

– Tu veux que je t'en raconte une bien bonne ?

– Euh...

– C'est un mec qui entre dans une bibliothèque et qui lance à la fille qui est à l'accueil : "Un hamburger-frites, siouplaît !" La fille rétorque : "M'enfin, vous êtes dans une bibliothèque, ici." »

Je connaissais l'histoire. Mais, en Irlande, il ne faut jamais, mais alors, là, jamais, torpiller une blague. Mon voisin était déjà en train de se marrer, prêt à décocher la chute de la sienne. J'ai fait :

« Et alors ?

– Alors, le gars répète tout bas : "Un hamburger-frites, siouplaît." »

Il y avait de grandes chances pour qu'il la raconte encore une bonne demi-douzaine de fois d'ici à ce soir, et que ça le ravisse autant à chaque redite. C'est une des raisons qui m'ont fait rentrer au pays. Les Anglais vous racontent une histoire avec un mélange de honte et de cruauté. Ce qu'ils aiment, c'est moins le rire que la dérision. Une fois, Kiki m'avait questionné sur les blagues irlandaises. Sur le goût que manifestent les Anglais pour elles et sur l'absence totale de blagues anglaises en Irlande. Je lui avais répondu :

« Les Anglais rient de ce qui leur fait peur. Nous, en revanche, ils ne nous font pas peur du tout. »

Ça l'avait étonnée et elle avait insisté :

« Les Anglais ont peur des Irlandais ?

– Ils ont d'excellentes raisons pour ça... »

J'avais filé rencard à Keegan au Garavan's. Je préfère le basique au tapageur. Il s'est amené en Barbour vert, pull d'Aran et casquette de tweed. Il m'a demandé :

« Alors ? T'en dis quoi ?

— Ça fait Synge en diable !

— Singe toi-même !

— Mais, non ! Synge, *Le baladin du monde occidental...*

— Je reviens des îles d'Aran.

— Je m'en serais jamais douté...

— Ho ! le barman ! Deux pintes de brune ! a-t-il beuglé, avant de me glisser : Je suis connu dans la maison.

— Ça, par contre, je n'en doute pas ! »

Il a ôté sa casquette avec un grand geste et m'a dit :

« Lis ça.

— Ta casquette ?

— Non, le message qu'y a à l'intérieur. »

Le message en question disait : « À la santé de qui me portera. »

Nos pintes sont arrivées et on s'en est occupés. Au bout d'un moment, Keegan a dit :

« J'ai appris un nouveau mot.

— Et tu vas m'en faire profiter ?

— C'est "chtarbé".

— Un petit mot très pratique...

— Eh ben, c'est exactement l'air que t'as, Jack : complètement chtarbé. »

Je lui ai raconté l'épisode du cygne. Il m'a demandé :

« Qu'est-ce que t'as palpé comme honoraires ?

— Vingt billets.

— Quoi ? Il te paye à la pièce ?

— J'ai complètement merdé sur ce coup-là, Keegan.

— Ben, rectifie le tir.

— Je vais tâcher. »

Il est resté plusieurs minutes sans rien dire. Un Keegan silencieux est un animal inquiétant. J'ai fait :

« Dis quelque chose.

— J'ai une solution pour ton histoire de Gitans.

— *Tinkers*, pas Gitans !

— Si tu le dis... Arrange-toi pour le piéger, ton suspect.

— Le piéger ?

— Exactement. Dégote des affaires ayant appartenu aux victimes, planque-les chez lui et il est cuit. »

J'ai secoué la tête. Il a fait :

« M'enfin, Jack, c'est une ordure, ce type ! Faut retirer ce salopard de la circulation.

— Non. Je ne peux pas faire ça.

— T'es bien sûr d'avoir été flic, dis ? O.K., je vais m'en charger à ta place, alors. Ton pote Sweeper, il marchera, lui.

— Jamais de la vie !

— De quoi ?

— Il a des principes. »

Keegan était écœuré. Il a fait :

« Y a un autre mot que j'ai appris, ici : *bollocks !* »

Au bout de sa troisième pinte, il a lancé :

« J'me tire.

— Tu vas faire la tournée des boîtes ?

— Non ! Je repars à Londres, je veux dire.

— Quand ça ?

— Demain matin.

— Ah !

— Je joue mon job, là. J'aurais déjà dû rentrer y a une semaine.

— Reste.

— Ce job, c'est tout ce que j'ai, Jack. Sans lui, j'suis rien. »

Je savais ce qu'il voulait dire. Au bout de tant d'années, je continuais à me cramponner à mon personnage de *garda.* Le seul principe de réalité qui tenait la route. Et une des raisons pour lesquelles je refusais de restituer l'article 8234. Comme dans la chanson : *« I, I who have nothing... »*

Il a plongé la main dans sa veste :

« Tu vas avoir besoin de quelque chose pour ton affaire de cygnes. »

Il m'a glissé un objet dans la main. J'ai voulu regarder, mais il a fait :

« Pas ici ! Fous-le dans ta poche ! »

J'ai obtempéré, puis :

« C'est quoi, ce bordel ?

— Un pistolet paralysant.

— Au toucher, on dirait un aiguillon électrique.

— C'est le même système, mais avec un voltage un poil plus fort.

— C'est pas illégal, ces engins ?

— Bien sûr que si. Et à raison... »

Ça m'aurait étonné qu'il l'ait acheté à Galway. J'ai demandé :

« Tu ne l'as quand même pas passé en douce à la douane de l'aéroport de Dublin ? »

Il a vidé sa pinte et m'a regardé bien en face :

« Tu peux parler ! Un mec qui a passé de la coke... »

Complètement estomaqué, j'ai fait :

« Comment tu sais ça ?

— Je suis flic, oublie pas. T'as une grosse conso, alors ça tombe sous le sens.

— T'en as jamais dit un mot.

— Ho ! ça, c'est toi que ça regarde, si débile que ce soit... Crois-moi, Jack : cette merde causera ta perte.

— Merci du tuyau ! Ça marche comment, ce flingue paralysant ?

— Tu pointes et tu tires.

— C'est efficace ? »

Il est parti d'un rire démoniaque. Au bruit, des têtes ont pivoté vers nous. Il a fait :

« Y a intérêt, ouais ! »

Et là, une idée m'a traversé l'esprit. J'ai demandé :

« Une petite minute, là... T'avais pas prévu de me le filer, hein ! Je me trompe ?

— Non.

— Alors, c'est que... Putain ! tu te balades avec, juste au cas où ?

— Où tu veux en venir, Jack ?

— On est à Galway, ici. À quoi tu t'attendais ?

— C'est *ta* ville natale, mon pote. Une ville où on décapite les cygnes, où on trucide les Gitans.... Ce serait plutôt à toi de me le dire ! »

Je n'avais pas la réponse, alors j'ai demandé :

« Qu'est-ce que tu trimbales d'autre ? »

Il m'a décoché un grand sourire :

« Oh, ça, je ne pense pas que tu veuilles le savoir. Pas vraiment... »

Il avait raison.

Je lui ai proposé de l'accompagner à l'aéroport, mais il a refusé tout net :

« Ah, non ! Les adieux, c'est pas mon truc. »

L'après-midi s'avançait et on était tous les deux plantés devant l'hôtel Jury. Ça me plaisait pas des masses qu'il parte. Il a fait :

« Je lis dans tes yeux que tu crèves d'envie de me serrer sur ton cœur ou je ne sais quoi.

— Moi ? Faire une chose pareille ?

— T'es irlandais. Par conséquent, t'es capable de n'importe quoi... »

J'avais envie de lui dire : « Tu vas me manquer », ou un truc quelconque bien lourd de sens. J'ai transigé pour : « Fais attention à toi. » Il semblait à deux doigts de virer sentimental, mais il m'a juste décoché une bourrade en disant :

« Toi aussi, fais gaffe, Jack. »

Et il s'est barré. Je me suis senti comme abandonné. J'ai tourné les talons et j'ai pris Quay Street. Il était quatre heures de l'après-midi et la rue était en plein boum. Un combo africain tapait à bras raccourcis sur des bongos. Plus loin, un adepte du *New Age* tirait des sons aériens de sa guitare. Il m'a accroché l'œil. J'ai fait :

« Super, ton riff !

– C'est pour Oasis, mec. Ils sont dans la merde. »

J'arrivais devant la librairie Kenny's quand j'ai avisé deux flics qui venaient dans ma direction. Je leur ai fait un signe de la tête et là, l'un d'eux m'a ordonné :

« Videz vos poches !

– Quoi ?

– Vous troublez l'ordre public.

– Vous vous foutez de moi ? Un peu de sérieux ! Y a une vraie assemblée plénière de l'O.N.U. de la musique, dans cette rue, et c'est à moi que vous vous en prenez ? »

Le deuxième flic a joué des jambes et, en un clin d'œil, ils m'avaient immobilisé. J'ai pensé au pistolet paralysant dans ma poche et me suis dit :

« Là, je suis foutu... »

Le premier s'est penché sur moi et a sifflé :

« Le surintendant Clancy te fait dire de bien regarder où tu fous les pieds, Jack. »

Et là, il m'a filé un coup de poing dans les reins — le genre de coup que j'avais moi-même pratiqué, en mon temps. Une vraie vacherie. Le truc qui vous envoie droit au tapis, le souffle coupé net tellement c'est douloureux. Tandis qu'ils s'éloignaient d'un pas dégagé, j'ai été tenté de leur gueuler :

« C'est le pire dont vous êtes capables ? »

Mais j'étais incapable d'articuler un mot.

Le lendemain matin, j'ai examiné mon bleu devant la glace. On aurait dit que j'avais pris un coup de sabot de cheval. Ça faisait une semaine que je n'avais pas touché à la coke et j'avais les nerfs à vif. Ajoutez une superbe gueule de bois au tableau et vous comprendrez que j'étais à portée de voix de la morgue. J'ai entendu un paquet tomber par la fente de la boîte aux lettres. Une enveloppe matelassée. Mes coordonnées y étaient tapées à la machine, si bien que ça ne me donnait aucun indice. Le cachet de la poste était celui de Belfast. Je suis revenu avec jusqu'à la table de la cuisine et l'ai ouverte avec précaution. Cela fait, je l'ai secouée la tête en bas. Une main est tombée sur la table. J'ai reculé en titubant jusqu'à l'évier, l'estomac retourné. Mon cœur me martelait les côtes comme un fou. J'ai tenté de forcer mes yeux à faire le point sur la main. Je l'ai bien scrutée et me suis approché. C'était du plastique. Sur la paume, un message :

Besoin d'un coup de main, Jack ?

Vers midi, Sweeper a débarqué.

Il m'a demandé :

« Qu'est-ce qui t'est arrivé, Jack ?

— Des flics.

— Eh ben, maintenant, tu sais l'effet que ça fait... »

Il avait apporté des sandwichs et un Thermos de thé. J'ai dit :

« Mais y a du thé, ici !

— En sachets. C'est dégueulasse. »

Il a disposé les sandwichs sur une assiette et a annoncé :

« C'est de la rhubarbe.

— En sandwich ? Tu te fous de moi ou quoi ?

— Goûtes-y. Tu seras surpris.

— Soufflé, tu veux dire ! Non, sans façon... »

Il a englouti deux sandwichs avec un bel appétit. J'ai dit :

« Bryson s'est tiré.

— Décris-le-moi. »

Je lui ai fait un portrait-robot. Il a conclu :

« On le retrouvera.

— Comment ?

— Les clans sont éparpillés un peu partout.

— Il est peut-être en Angleterre.

— On est encore plus nombreux là-bas qu'ici.

— Et si ce n'était pas lui l'assassin ?

— Pourquoi il s'est enfui, alors ?

— Argument valable... »

Sweeper s'est levé :

« Comment il va, ton pote anglais ?

— Il est reparti.

— Tu as de drôles de fréquentations, Jack Taylor. »

S'il y avait une réplique à ça, je ne la connaissais pas. Après son départ, j'ai essayé de lire un peu.

« Le vent avait chassé les mouches de l'été. Dieu abandonnait les siens. »

C'est du Nelson Algren. *L'homme au bras d'or*.

Le téléphone a sonné.

« Oui ?

— Jack ? C'est Cathy.

— Salut, Cathy.

— Jeff est parti.

— Parti ? Où ça ?

— Se soûler.

— Ah !

— Tu savais que ça fait vingt ans qu'il n'a pas touché une goutte d'alcool ?

— Non.

— Tu vas le retrouver ?

— Sûr.

— Promis, Jack ?

— Promis. »

Dans son essai *L'art d'assassiner*, Raymond Chandler dit :

> *Le détective privé d'aujourd'hui est quelqu'un de relativement pauvre, sinon jamais il ne serait devenu détective privé. C'est un type ordinaire, sinon il ne fraierait pas avec des gens ordinaires. Jamais il n'encaisse d'argent sans l'avoir honnêtement gagné, pas plus qu'il n'encaisse d'affronts de la part de qui que ce soit sans en tirer, dûment et froidement, vengeance. C'est un solitaire, un homme fier qui met un point d'honneur à ce que vous le traitiez comme un homme fier, ou vous risquez de regretter de l'avoir rencontré. S'il y avait suffisamment de gens comme lui, le monde serait un*

endroit sûr, sans pour autant devenir trop insipide pour être vivable.

Ces mots résonnaient encore dans ma tête quand je me suis lancé à la recherche de Jeff. J'ai commencé par filer au Nestor's. Derrière le comptoir, un type que je n'avais jamais vu. J'ai demandé Cathy et il a fait :

« C'est vous Taylor ?

– Oui.

– Montez, elle vous attend. »

Elle avait une mine affreuse et le visage bouffi par les larmes. Je l'ai prise dans mes bras :

« Ne t'inquiète pas, je vais le retrouver.

– Oh ! Jack, si jamais il lui arrive quelque chose...

– Il ne lui arrivera rien. Où est-ce qu'il aurait pu aller ?

– Aucune idée. Je ne l'ai jamais vu boire. Au moins, il n'a pas pris sa moto... »

La moto en question était une Harley. Un jour, il m'avait parlé de ses deux passions : les motos et la poésie. Il m'avait dit en me montrant sa bécane :

« C'est une custom softail. »

J'avais hoché la tête d'un air pénétré, comme si ça me disait quelque chose.

J'ai fait asseoir Cathy.

« Qu'est-ce qui l'a fait disjoncter ?

– De bonnes âmes ont cru malin de compatir, pour notre “bébé handicapé”.

– Oh ! merde !

– Je n’ai pas été à la hauteur, Jack, tu ne crois pas ? »

Je ne suis pas très doué pour ce genre de choses, mais il fallait essayer, alors j’ai dit :

« Il est en adoration devant cette gamine et toi aussi, il t’adore.

– Si c’est ça, pourquoi il est parti se cuiter ? »

Comme je n’en avais pas la moindre idée, j’ai dit :

« Je n’en ai pas la moindre idée. »

Je n’avais qu’une envie : dormir six mois d’affilée et, au réveil, m’entendre annoncer de bonnes nouvelles. J’ai demandé :

« Le type qui tient le bar, c’est qui ?

– Il vient du bureau de placement.

– Si jamais t’étais coincée, je pourrais peut-être donner un coup de main. »

Elle m’a décoché un regard éloquent et j’ai fait :

« O.K., d’accord... Je ferais mieux d’y aller, là...

– Dis-lui que je l’aime.

– Ça, il le sait.

– Tu crois ? »

Dehors, il tombait des hallebardes. Comme si le ciel m’en voulait personnellement. J’ai bien boutonné ma veste tout temps et me suis dit :

« Y a qu'un poivrot pour retrouver un poivrot... »

Logique.

J'ai commencé par écumer les lieux de perdition les plus plausibles. Je m'étais fixé une règle : ne prendre un verre que dans un pub sur deux. Si au bout de dix pubs je n'avais toujours pas retrouvé Jeff, je ne serais plus en état de m'en soucier. Tel était mon plan, si pitoyable que ça puisse paraître. Au lieu de ça, j'ai fait cinq pubs sans boire une goutte, vu que personne n'aurait supporté de s'y attarder, sauf contraint et forcé. Trop de watts, trop de décibels, consos trop chères et ambiance trop toxique. J'ai joué des coudes au milieu de grappes de preuves vivantes de la prospérité du Tigre celtique. Le fric avait introduit une attitude entièrement nouvelle : la muflerie mercantile. L'idée m'est venue que Jeff n'aurait pas gaspillé une minute de son temps dans ce genre d'établissements. Il avait été musico, alors j'ai fait la tournée de tous les pubs musicaux de la ville. Avec affichettes qui promettaient *« Craic agus Ceol*[1]*»*. Ce qui peut se traduire *grosso modo* par « Entrée payante ». Pour s'en assurer, des vi-

1. Littéralement : « Superambiance et musique ».

deurs à oreillettes montent la garde à l'entrée. J'ai fait :

« Je ne resterai pas longtemps. »

Le plus balèze des videurs a lancé un sourire à son collègue :

« Ça, c'est sûr... »

Pas trace de Jeff.

Je me suis dit :

« Sers-toi de ta cervelle ! T'as été flic et t'es censé être détective privé. Où est-ce qu'il aurait pu aller ? Quel pub aurait-il pu entendre vanter ? Bingo ! Mais oui ! »

Le Grogan's, mon ex-quartier général... J'y avais quasiment élu domicile, du temps où Sean en était propriétaire. Il s'était fait assassiner et son connard de fils avait repris l'affaire. Je n'y étais plus le bienvenu. Franchir sa porte n'avait rien d'un retour au bercail. Le pub avait été entièrement rénové. Ce qui avait été un lieu bourré d'atmosphère n'était plus qu'une tranche de merde synthétique. Pis encore : il y avait de la muzak. La bande magnétique où on a droit soit à Karen Carpenter, soit aux Bay City Rollers — ou, pire, à Ronan Keating, dans des reprises des deux précédents. Jeff était attablé dans un coin. Un whiskey et une pinte devant lui. Je me suis approché :

« Salut !

— Qu'est-ce qui t'a retardé ?

– Je me suis planté. »

Une esquisse de sourire, puis :

« Comme nous tous, non ? »

Le fils de Sean n'était pas dans les parages, alors je me suis commandé une pinte. Jeff a annoncé la couleur : un double Paddy. Je n'ai pas fait de commentaire. J'étais à peine assis qu'il m'a demandé :

« T'as une clope ? »

J'ai failli dire : « Tiens, tu refumes ? », mais ç'aurait été plutôt redondant, non ? Je lui ai donné du feu. Il a fait :

« Putain ! Quel goût de merde !

– Pourquoi est-ce qu'on fume, à ton avis ? Tu t'imagines quand même pas que c'est par plaisir, si ? »

Il a vidé son whiskey double cul sec, a marqué une pause, puis :

« Tu comptes me passer un savon ?

– Moi ? Je ne crois pas, non...

– Tant mieux. Phil Ochs, ça te dit quelque chose ?

– Mmmm... non.

– Un chanteur folk du début des *sixties*. C'était une vraie idole, à Greenwich Village. Encore plus que Dylan. Et puis, il a commencé à déconner. Il est tombé dans l'alcool. À la fin de sa vie, il squattait la chaufferie du Chelsea Hotel pendant que, dans les étages, Leonard

Cohen faisait du rentre-dedans à Janis Joplin. Ochs a fini par se pendre dans la salle de bains de sa frangine. »

Je n'avais aucune idée où tout cela était censé mener, alors j'ai demandé :

« Et... c'est censé me dire quoi, exactement ?

– Il a écrit trois chansons géniales : *An Evening with Salvador Allende*, *Crucifixion* et *Changes*. Putain ! Y avait tout, là-dedans : humour, engagement politique, compassion... Tu sais combien de chansons géniales j'ai composées, moi ?

– Non.

– Zéro. »

On a laissé ça orbiter au-dessus de nos têtes, puis il a fait :

« Hier, une bonne femme m'a dit, en tendant le menton vers la petite : "Ils adorent la musique", comme si c'était un foutu petit chienchien à sa mémère. »

Jeff ne disait jamais de gros mots. Et je veux dire : *jamais*. Il a enchaîné :

« Une autre m'a sorti : "Ils sont une vraie bénédiction, dans un foyer." Et ma préférée : "Ils ne sont qu'amour." Putain ! J'arrive pas à me sortir le mot "mongolien" de la tête. C'est moi, ou c'est vraiment un mot dégueulasse ? Qu'est-ce qui va se passer quand elle entrera à l'école ? Elle sera la tête de Turc de service ? Elle se fera traiter d'arriérée ? »

Il s'est tu et j'ai dit :

« Si ça se produit, on ira foutre le feu à son école.

– Les gens disent qu'elle ne pourra pas se marier.

– Ho, Jeff ! Quel âge elle a, là, mon pote ? À peine trois semaines, et t'es déjà à t'inquiéter de la marier ? Crois-moi, le mariage, c'est pas si génial que ça...

– J'arrive pas à assumer, Jack.

– O.K. »

Il m'a regardé. Au fond de ses yeux, la rage était presque palpable. Il a fait :

« Je suis sérieux, Jack. Je suis incapable d'élever une gosse handicapée.

– Eh ben, le fais pas.

– Quoi ?

– Élève-la du mieux que tu peux, en tant que Serena May.

– Tu crois ?

– Évidemment. Inutile d'aller te fourvoyer dans l'univers du handicap mental. Rien ne t'oblige à le faire. Tu crois que Cathy et le bébé survivront sans toi ? »

Il a digéré ça et m'a demandé :

« Qu'est-ce que t'as l'intention de faire de moi ?

– Te payer un coup et te ramener chez toi.

– Et si je résiste ?

– J'ai un pistolet paralysant.

– C'est sûrement vrai... »

Ce qu'il y avait de pire, à ce stade, c'est que je crevais d'envie de continuer à picoler. Les démons rugissaient au fond de mon âme et je me disais que Jeff serait un compagnon idéal. Mais j'ai serré les dents et j'ai fait :

« On y va ?

– L'alcool, comment t'arrives à en ingurgiter autant, Jack ? Moi, je suis déjà complètement rétamé.

– Pour tout te dire, j'en sais foutre rien. »

On a remonté Shop Street. Il faisait bien quelques embardées, mais sinon il n'était pas si cassé que ça. Il a dit :

« Tu savais qu'elle peut même pas devenir bonne sœur ?

– Serena May ?

– Ouais. Ils acceptent pas les trisomiques.

– Putain ! La cata ! Je suis sûr que tu tenais à tout prix à en faire une nonne !

– Ça donne à penser, n'empêche...

– Tu sais, Jeff, ça donne surtout à penser qu'ils ont l'âme aussi noire qu'on le dit. »

LA MISSION DES *GARDAÍ*

La Garda Síochána *compte actuellement 11 300 policiers dont la mission est d'assurer :*

1. La prévention de la criminalité

2. La protection des personnes et des biens

3. Le maintien de la paix

4. La sécurité publique

J'ai fini par emmener Laura danser. Comme a dit Jack Nicholson : « J'aurais mieux fait de me crever les yeux. »

Avant de partir pour Londres, j'avais vécu un temps à l'hôtel. Au Bailey. Il faut avoir connu le vieux Galway pour le connaître. Il faut être vieux soi-même. Derrière Eyre Square, pas loin de l'office de tourisme, vous prenez une petite rue à gauche et vous y êtes. La propriétaire, une forte femme qui n'avait pas sa langue dans sa poche, avait quatre-vingts ans bien sonnés. Janet, une des femmes de chambre, était encore plus âgée. Un jour, elle m'avait offert un chapelet. Peu après, j'avais tué mon meilleur ami. Je ne prétends pas qu'il y ait un lien de cause à effet.

C'est par Janet que j'avais appris l'existence des soirées dansantes du samedi. Ça m'avait semblé moins risqué que d'aller en boîte, et il y avait un orchestre pour assurer l'animation – si tant est que porter un blazer et avoir un bon demi-siècle est une garantie d'« animation »... J'ai opté pour une tenue décontractée : jean noir, chemise blanche et peur bleue.

J'avais donné rendez-vous à Laura au Great Southern. Elle avait demandé :

« Pourquoi là ?

– Pour entamer la soirée du bon pied. »

Comme d'hab', elle n'avait pas saisi ce que je voulais dire, mais elle avait accepté.

Au moment où j'émergeais de la porte à tambour, le concierge s'est exclamé :

« Jack Taylor ! En voilà une surprise !

– Comment ça va ? »

Impossible de mettre un nom sur sa figure, alors j'ai mis le paquet, côté cordialité. Ça a paru marcher, car il a répondu :

« Superbien ! J'ai entendu dire que t'étais parti à Londres.

– Je suis revenu.

– Excellente nouvelle, Jack ! »

Je me suis assis dans le hall. Dans le genre de gros fauteuil moelleux où on sombre si bien qu'on se sent une âme de V.I.P.

Laura est arrivée dans un petit manteau noir, hypercourt, d'où émergeait une paire de jambes à damner un saint. J'ai vu le concierge lui décocher un regard connaisseur. Je me suis levé et elle m'a fait la bise.

« Ça fait une éternité que je t'avais pas vu », a-t-elle dit.

Elle a ôté son manteau, révélant un polo et une jupe noirs.

« *Wow !* T'es superbe ! ai-je fait.

– C'est en ton honneur, Jack. »

Le concierge s'est approché :

« C'est ta fille, Jack ?

– Ouais, les maternelles sont en vacances. »

Laura a commandé un sherry et moi un Jameson, histoire de me mettre dans l'ambiance. Pour essayer de se rattraper, le concierge a proposé :

« Vous ne seriez pas mieux au bar ?

– Non. »

J'ai parlé du Bailey à Laura. Elle s'est écriée :

« Oh ! les fameux petits bals du samedi soir ! Mon père n'en ratait pas un. »

Glup !

On a bu un autre verre et on se levait pour partir quand le concierge m'a pris à part :

« J'ai dit ça sans penser à mal, Jack...

– Laisse tomber.

– J'aimerais pas me mettre la police à dos... »

Je ne l'ai pas détrompé. À défaut d'autre chose, ça prouvait que, contrairement aux idées reçues, les concierges d'hôtel ne savent pas toujours tout.

*

Mme Bailey m'a accueilli à bras ouverts, puis s'est enquise :

« Qui est-ce ?

— Laura Nealon.

— Ah ! J'ai bien connu ton père, ma petite. »

Profitant que Laura s'éclipsait aux toilettes, Mme Bailey m'a glissé :

« J'ai entendu dire que vous étiez marié.

— Pas avec Laura.

— Je m'en doutais. Elle est bien trop amoureuse pour être votre femme. »

Un parfait échantillon de l'art du compliment à l'irlandaise. Flatteur en surface, mais sournoisement cinglant. Bref, le truc qui vous empêche de vous faire des illusions, à défaut d'autre chose. Elle a enchaîné :

« Jamais je n'aurais cru que vous aimiez danser.

— Je n'aime pas ça. »

L'orchestre était conforme à mes attentes. Les musiciens portaient le blazer bleu et le pantalon blanc de rigueur, et tous avaient depuis longtemps soufflé leurs cinquante bougies. Mais aucun ne semblait décidé à se laisser glisser dans la nuit sans résister[1]. Ça, pas question !

1. Allusion aux vers de Dylan Thomas : *« Do not go gentle into that good night [...] / Rage, rage against the dying of the light »* (« N'entre pas sagement dans cette bonne nuit [...] / Rage, rage contre la mort de la lumière »).

Moumoutes ou Régécolor, tous arboraient un magnifique brushing aile-de-corbeau qui ne bougeait pas d'un poil. Côté râteliers ? Des molaires de rêve. Dans la plus pure tradition des *showbands* des années soixante, ils jouaient comme si leur vie en dépendait. Le clou du spectacle était le « un pas en avant, un pas en arrière » de la section des cuivres. Il va sans dire qu'ils possédaient un répertoire inépuisable. S'ils avaient entendu un air une fois, ils étaient capables de le rejouer... et avec énergie. Ç'allait de Roy Orbison à Daniel O'Donnell, en passant par les Shadows (avec un petit coup de chapeau aux Eagles). Un genre de « disques à la demande », version *live*. Le show respectait une formule, elle aussi éprouvée : une suite de morceaux enlevés, ensuite carte blanche aux dames, puis retour aux morceaux enlevés. Et intercalés dans tout ça, des solos du chanteur du groupe. Le noir sur scène, et un unique spot braqué sur l'artiste, qui se plantait debout, tête baissée, devant le micro tandis qu'une voix annonçait :

« Et maintenant, mesdames-z'et-messieurs, Elvis Presley... » — ou « Chris de Burgh », voire « Buddy Holly ».

Le chanteur ne changeait pas, bien entendu. Il avait le type de voix qui ne déclenche pas l'applaudimètre au *Palmarès de la chanson*... Vers le milieu de la soirée, l'orchestre a fait une pause. Comme tous les présents, les musiciens se sont rués vers le bar. Le hasard a voulu que je me retrouve coude à coude avec le crooner. Il dégoulinait de transpiration. Il a articulé :

« B'soir.

— Je vous offre un verre ?

— Non, on a des consos gratuites.

— Vous ne l'avez pas volé. Super, votre spectacle...

— Merci. C'est notre dernier avant qu'on parte en tournée.

— En tournée ?

— Oui, au Canada. Et ensuite, deux mois à Las Vegas. »

J'ai tâché de ne pas frémir. J'ai fait :

« Ah ! Sacrés veinards !

— Et on a un C.D. qui devrait sortir bientôt.

— *Wow !* Il s'appelle comment ?

— *Succès de toujours.* »

J'ai eu l'élégance de ne pas demander :

« De qui ? »

Il s'est emparé d'un plateau chargé de verres et m'a lancé :

« Il est question qu'on passe au *Late Late Show.*

— Je vais croiser les doigts pour que ça se fasse.

— Là, on serait vraiment lancés.

— Oh ! c'est déjà fait ! »

Il a adoré. Quand j'ai voulu régler mes consos, on m'a répondu que l'orchestre me les offrait. Il y a des moments, aussi rares que les coups de bol, où on se sent heureux de vivre. C'en était un. J'ai dansé trois fois et, deux fois, me suis débrouillé pour que ce soient des slows. Facile de donner le change, avec un slow. Il suffit de tenir votre cavalière bien serrée et de ne pas lui écraser les orteils. Un jeu d'enfant. Ou presque. Les morceaux rapides, en revanche, ç'a été un vrai cauchemar. J'ai tâché d'avoir l'air dans mon élément. Une fois, une fille m'a dit :

« T'as appris à danser dans les années soixante, toi... »

C'est le genre d'affirmation qu'on ne conteste pas : quelles que soient les circonstances, on n'a pas envie d'entendre la réponse. Laura, bien entendu, était une excellente danseuse. Tandis que je m'escrimais maladroitement, en transpirant comme un veau, une voix me hurlait dans la tête : « Bougre d'empoté ! » Quand tout le monde s'est mis au garde-à-vous pour l'hymne national, je me suis juré qu'on ne m'y reprendrait plus. Pendant qu'on rentrait à pied, Laura a glissé son bras sous le mien :

« Quelle soirée géniale ! »

Arrivés à Hidden Valley, elle m'a souri et a dit :

« Je peux rester... »

Après l'amour, elle s'est redressée sur son coude et m'a bien regardé. J'avais une envie folle d'éteindre la lumière. Du bout des doigts, elle a effleuré mon tatouage :

« C'est un ange ?

— Oui.

— Ton ange gardien ?

— J'en sais rien. Je l'ai récolté en faisant une partie de billard.

— Que t'as gagnée ?

— Non. Que j'ai perdue. »

Une des choses que mon père m'a apprises, c'est jouer au billard américain. Lui-même avait participé à des finales interprovinciales. J'avais bien profité de ses leçons. Je ne perdais pratiquement jamais une partie. Jusqu'à mon stage de formation à l'école de la police de Templemore. Profitant d'un week-end de permission, on était descendus à Dublin. Une salle de billard de Mary Street avait grande réputation. J'avais étrillé tous les gars de ma promo quand notre sergent a débarqué. Il m'a lancé un défi. À l'époque, je savais déjà qu'il ne faut jamais parier d'argent, alors on pariait à peu près tout sauf ça. Le sergent a retroussé ses manches, révélant un festival de tatouages. Il m'a lancé :

« T'aimes pas les tatouages, mon petit Taylor ?

— C'est pas mon truc.

— Ben, si tu perds, tu devras t'en faire faire un. Qu'est-ce que t'en dis ? »

« Ça risque pas », ai-je pensé. J'ai perdu. On est allés sur les quais de la Liffey. À l'époque, les boutiques de tatoueurs étaient craignos. De tous les modèles exposés — plus moches les uns que les autres —, l'ange était le moins contraire à ma religion. Si ça m'a fait mal ? Une vraie vacherie.

La fable d'un autre avec toi dans le noir. La fable de toi fabulant d'un autre avec toi dans le noir. Et comme quoi mieux vaut tout compte fait peine perdue et toi tel que toujours. Seul.

Samuel Beckett, *Compagnie*
(traduit par l'auteur)

Je suis allé à l'Army and Navy Store m'acheter plusieurs cols roulés hyperchauds, à quoi j'ai ajouté un caleçon long et des chaussettes en Thermolactyl. Le vendeur, un jeune d'une vingtaine d'années, m'a demandé :

« Vous croyez vraiment qu'il va faire froid à ce point ?

— Là où je vais... vachement.

— Genre la Sibérie, voulez dire ?

— Non, le Claddagh, genre... »

Comme je mettais le cap sur la porte, un visage vaguement familier a fait :

« Salut, ça va ? »

Je me suis arrêté et ai tenté d'y mettre un nom. Le type avait quatre anneaux dans l'oreille gauche. Il m'a tendu une perche :

« Je zonais avec Cathy, pendant sa période punk.

— Ah ! mais oui !

— T'es le vieux, là... Taylor... non ?

— Merci !

— T'étais cool comme mec, à ce qu'elle disait.

— Merci encore... »

Je m'attendais à ce qu'il me demande de le « dépanner », alors j'ai lancé :

« Ça m'a fait plaisir de te revoir.

— Dis donc, des amphets, ça te tenterait pas, des fois ? »

Au moment où j'allais dire non, j'ai pensé : « Minute ! » J'avais une nuit blanche en perspective. Peut-être qu'un petit stimulant ne serait pas superflu. J'ai dit :

« D'accord. File-m'en un peu. »

Pas donnés, ses cachets. Naturellement, l'accro qui sommeille en moi aurait bien voulu en avaler un tout de suite. J'étais tellement en manque de coke que mes dents en trépignaient. Je suis rentré à la maison et j'ai appelé Cathy.

« Jack ! Comment ça va ?

— Bien, bien. Et ton homme ?

— Il souffre.

— C'est la vie...

— Mais il n'a pas bu une goutte depuis ni quoi que ce soit, alors j'espère que c'est bien fini. À ton avis ?

— Ça, j'en sais fichtre rien, Cathy. Mais il a plus de chances que bien d'autres que ce soit le cas.

— Tu ne vas pas jouer les démons tentateurs, alors ?

— *Quoi ?*

— Je te le demande, Jack.

— Non. Je te donne ma parole que je ne ferai rien pour le tenter.

— Merci, Jack. »

Clic ! J'aurais voulu défoncer le mur à coups de poing. Le téléphone a sonné une nouvelle fois. Cathy qui rappelait pour s'excuser ? C'était Keegan.

« Alors, je te manque, mon pote ?

— T'as pas idée !

— J'ai mené une enquête en profondeur sur Bryson. J'ai même parlé avec sa mère.

— Alors ?

— Effectivement, son vieux était alcoolo et violent : il a maltraité le gosse tant et plus.

— Si bien qu'il a un excellent motif pour haïr les alcooliques ?

— Exact... sauf que...

— Sauf que quoi ?

— Je ne crois pas que ce soit le gars que tu cherches.

— Allons, voyons, Keegan ! Toi-même, t'étais prêt à lui tendre un piège, y a pas si longtemps que ça.

— Écoute, Jack, j'ai horreur de me tromper. À en croire sa mère et plusieurs autres personnes, il a toujours prétendu avoir fait des trucs, juste pour attirer l'attention. Et c'est là que le bât blesse : peut-être bien qu'il ne peut pas saquer les alcoolos, mais ça n'empêche qu'il a fait beaucoup pour eux et qu'il a réussi à en aider pas mal.

— Je regrette, Keegan. Cet enfoiré m'a expédié une main par la poste.

— Une vraie ?

— Non, une fausse, en plastique. Mais, crois-moi, ça m'a filé un vrai choc.

— Exactement ce que je disais, Jack... Ce type est un fouteur de merde et il a juste besoin d'un bon coup de pied au cul, et rien d'autre.

— Londres t'a complètement flingué les neurones, Keegan. C'est lui !

— Écoute-moi, Jack ! Y a plein d'autres trucs. Je...

— Faut que j'y aille, là, Keegan.

— Allons, Jack, réfléchis.

— Je l'ai déjà fait. Faut que je file. »

Clic !

C'est ça, Londres. Ça vous colle toutes sortes de doutes dans la tête. Il allait falloir que je fasse revenir Keegan ici, pour lui remettre les idées en place.

J'avais espéré ne jamais revoir la jetée de Nimmo de ma vie. Une difficulté de première grandeur à Galway, vu que c'est un passage incontournable, quand on arpente la Prom. Or, ici, arpenter la Prom, c'est obligatoire. C'est à la jetée de Nimmo que j'avais noyé mon meilleur ami. Avec préméditation.

Au Claddagh, on trouve la plus grosse concentration de cygnes, et la jetée de Nimmo en est le haut lieu. Il n'y a qu'une façon d'approcher ces volatiles : par le plan incliné qui descend jusqu'au bord de l'eau. Pratiquement tous les jours, il y a là quelqu'un qui leur jette du pain. Les oiseaux s'y rassemblent pour manger. Pour quiconque projetterait de tuer un cygne, c'est l'endroit idéal. C'est là que, une semaine jour pour jour après le dernier carnage, je me suis propulsé sur le coup de deux heures du matin. De l'autre côté de la baie, les lumières de Galway brillaient. Évitant fermement de regarder du côté de la jetée de Nimmo, j'ai dégoté un coin où me recroqueviller à l'abri du vent. Avec mes vêtements sombres, j'étais invisible aux yeux des passants éventuels. Enfin, je l'espérais.

Engoncé dans ma veste tout temps, bardé de Thermolactyl, avec mon bonnet enfoncé jusqu'aux oreilles et ma paire de gants, je ne sentais pas le vent. En prévision, je m'étais aussi préparé un Thermos de café-cognac. De la musique et des éclats de rire lointains me parvenaient de l'autre côté de l'eau. Je me suis offert une rasade de café brûlant. Mes jambes ankylosées commençaient à me faire mal. Pour me les dérouiller, j'ai fait un peu d'exercice. Vers quatre heures, la fatigue s'est fait sentir et j'ai avalé quelques cachets. Pendant vingt minutes, rien. Je me suis dit que le type m'avait raconté des conneries. Si c'était ça, je le lui ferais payer. Et brusquement, j'ai été comme catapulté sur mes pieds par une décharge d'énergie. Remonté, moi ? J'étais carrément dans l'hyperespace. Le slogan « La vitesse tue » m'a traversé l'esprit, suivi de près par « Et alors ? ». Mes battements de cœur s'accéléraient de seconde en seconde, et ça m'éclatait. Vous êtes mal barré quand des palpitations à haute dose vous font speeder.

Et pour speeder, je speedais. Je me sentais de taille à tordre des barres de fer entre mes dents.

Une idée de roman m'est venue d'un coup et, en cinq sec, il a été carrément écrit. J'avais envie de gueuler :

« Ça va devenir un classique ! »

Je n'arrêtais pas de sauter sur place, comme Johnny Rotten au faîte de sa carrière. Je suis remonté sur la chaussée, en priant pour que le saigneur de cygnes se montre. Il ne l'a pas fait. À huit heures du matin, sentant la descente s'amorcer, j'ai pris le chemin de la maison. J'avais tellement de tics que ça me faisait mal à la figure. Mes terminaisons nerveuses étaient comme des fils dénudés. Un laitier m'a lancé : « Bonne journée ! », et je me suis entendu claironner : « BONNE JOURNÉE À VOUS AUSSI ! » J'ai tenté de me maîtriser, mais j'ai aussi beuglé mes salutations à un facteur et à un balayeur. Il m'a fallu deux heures pour rallier Hidden Valley, parce que mes pieds me propulsaient par à-coups, cent mètres par-ci, cent mètres par-là. Une fois arrivé, j'ai grimpé et dégringolé l'escalier comme un dératé je ne sais combien de fois. Toujours emmitouflé dans mon Thermolactyl... L'atterrissage a été aussi pénible que brutal. Je me suis effondré sur le canapé, complètement vidé. J'ai fait le point sur la pendule et constaté qu'il était midi net.

« Y a bien que midi qui le soit... », ai-je pensé.

J'ai dormi jusqu'à dix heures du soir. En émergeant, je me suis dit :

« Les amphets, c'est vraiment pas ton truc... »

J'ai tenté de me requinquer par les moyens classiques : douche, bouffe, café, vêtements propres. C'est à peine si ça a entamé les effets retard du speed.

Aux alentours de minuit, j'ai renfilé mon équipement. Une fois prêt, je me suis regardé dans la glace. Pas brillant. J'avais le teint gris et des yeux de fou. Je me suis traîné jusqu'au Claddagh. Quoi qu'il arrive, pas question de recourir au speed, cette fois... Au moment où je me postais à ma place, contre le mur, il s'est mis à pleuvoir à verse. Si le tueur se montrait, le mieux que je pourrais faire serait de l'agonir d'insultes. Il n'est pas venu. De loin en loin, je piquais du nez, le temps de m'offrir un cauchemar. Vers quatre heures du mat', je me suis réveillé en sursaut : deux cygnes me becquetaient les pieds. J'ai gueulé :

« ... m'foutre le camp de là, ho ! »

Ils se sont mis à siffler, comme s'ils allaient me sauter dessus. C'est impressionnant, les bruits qu'ils font. Je me suis forcé à rester immobile et ils ont fini par s'éloigner en se dandinant. Je sentais mon affection pour eux fondre à la vitesse grand V. Aux petites heures de l'aube, glacé d'humidité et déprimé, j'ai marmonné :

« Est-ce que je suis trop vieux pour Tesco[1] ? »

Les cygnes commençaient à me foutre sérieusement les jetons. Dans la lumière indécise, ils avaient vraiment l'air menaçant. Je puisais à répétition du réconfort dans mon Thermos, en espérant que le cognac me réchaufferait. Comme le jour commençait à poindre, je me suis juré :

« Plus jamais ça. J'arrête les frais. »

À neuf heures, j'ai abandonné mon poste d'observation et péniblement regagné le quai. La tête me tournait et c'est tout juste si j'ai pu me traîner jusqu'au banc le plus proche. J'ai essayé de m'allumer une cigarette, mais elles étaient toutes trempées. Peu après, une voix a retenti :

« Jack Taylor ? »

Je me suis retourné. C'était l'ami des cygnes. Je lui ai fait un signe de la tête et il s'est écrié :

« Vingt dieux ! Vous êtes à faire peur.

– C'est mon déguisement.

– Vous avez passé la nuit ici ?

– Exact. »

Il a pointé le doigt sur les maisons, dans son dos :

« Écoutez, j'habite à côté... à Saint-Jude. Venez manger quelque chose et prendre une douche.

1. Tesco est une chaîne de grandes surfaces qui, en Irlande, mène une politique publicitaire axée sur les moins de vingt-cinq ans.

— Non, ça va.

— Désolé de vous avoir agressé comme ça, l'autre jour. Je constate que vous êtes un homme de parole, en fait... »

Je me suis hissé sur mes pieds :

« Faut que j'y aille. »

Il m'a tendu la main :

« Merci de votre aide. »

J'avais déjà fait près de cent mètres quand il m'a crié :

« Je vais veiller personnellement à ce que vous touchiez une livre de plus ! »

Je mourais d'envie de lui répondre :

« C'est le bouquet ! »

Mais il était « plus bête que méchant », comme on dit, alors je me suis contenté d'agiter la main. Ma colère pouvait utilement trouver une autre cible.

Dans la soirée, Laura est venue me voir. Elle était passée chez un traiteur chinois et on s'est offert un mini-festin. Elle a dit, toute timide :

« J'ai acheté du vin.

— Super.

— Je ne m'y connais absolument pas en vin.

— Moi non plus. »

Grand sourire.

« T'es vraiment adorable.

— Alors, qu'est-ce que tu nous as pris ?

— Du beaujolais. Ça te va ?

— Parfait. »

Un peu plus tard, elle a dit :

« Il m'est arrivé un truc bizarre, hier soir.

— Raconte.

— Je suis allée prendre un pot avec Vicky... tu sais, ma copine...

— Oui.

— Donc, on était au Busker's, et deux mecs n'arrêtaient pas de nous embêter. Impossible de s'en débarrasser. Bref, quand on est parties, ils ont essayé de nous choper, dans la rue. Et là, un type est sorti de nulle part et... (Laura a écarté les bras) vlan !... (elle a claqué des mains) il leur a cogné la tête l'une contre l'autre et les a envoyés valdinguer dans le mur. Après, il s'est tourné vers nous et m'a dit : "Vous pouvez rentrer tranquille, mademoiselle Nealon..." On était complètement sciées. »

J'ai pensé que Bill tenait parole. Restait à souhaiter que, le moment venu, je sois capable de tenir la mienne. J'ai dit :

« Entre natifs de Galway, on s'entraide.

— Ah ! C'est pas quelqu'un que tu connais ?

— Moi ? Pas du tout. »

Qu'est-ce que j'aurais pu lui dire ? Que j'avais engagé un garde du corps ? Non, ce petit deal, j'allais le garder pour moi. Il n'y avait aucune raison pour qu'elle en soit informée. J'ai levé mon verre et dit :

« *Sláinte !* »

Pour la troisième nuit consécutive, j'étais accroupi, le dos au mur. Une pluie battante me cinglait de tous côtés. Les cygnes étaient blottis les uns contre les autres, tout près de la berge. J'avais l'impression d'être piégé dans un épisode de *La quatrième dimension*, à tout jamais cerné par des cygnes imprévisibles. J'avais décidé de mettre un terme anticipé à ma veille et de rentrer tôt à la maison — vers les cinq heures, par là. Il en était à peine quatre quand une ombre s'est arrêtée près du mur, juste au-dessus de moi. J'entendais un souffle oppressé, comme quelqu'un qui a de l'asthme ou un truc dans le genre. J'ai regardé la silhouette s'approcher du plan incliné...

... et s'y engager.

Tout ce que je distinguais était un long manteau, des bottes en caoutchouc et, soudain, un éclair de métal. Une machette.

L'homme s'est dirigé vers le bord de l'eau. Je

me suis déplié, tâchant de dérouiller mes articulations endolories. J'entendais le type faire des bruits comme ceux que font les cygnes. Il les appelait. Le truc complètement surréaliste. Ça m'a foutu les jetons. Deux oiseaux venaient vers lui. Il a levé sa machette. J'ai fait :

« Hé, connard ! »

Il s'est retourné et j'ai fait trois pas vers lui. Seize ans à tout casser, des cheveux blonds coupés court, une tête ordinaire, sans signe particulier, jusqu'à ce que vous remarquiez ses yeux. Je suis tombé un jour, dans un livre de Hemingway, sur le portrait qu'il a fait de Wyndham Lewis. Il y parle de ses « yeux de violeur professionnel ». Je les avais sous le nez. Il m'a crié :

« Barre-toi ou je te larde.

— Pourquoi tu fais ça ?

— Pour mes exams.

— Quoi ?

— Lucifer me fera avoir des mentions partout si je lui fais l'offrande de dix-huit têtes coupées.

— Dix-huit ? »

L'énervement s'est peint sur son visage. Il a craché :

« 666 ! Le nombre de la Bête !

— Dieu du ciel ! »

Il s'est rué vers moi. Je l'ai laissé approcher et lui ai tiré dessus avec le pistolet paralysant.

La décharge l'a soulevé de terre et projeté à la baille. Je ne m'attendais pas à une telle puissance. Tandis que le gosse se débattait dans l'eau, l'idée m'a effleuré de le laisser se noyer. Puis les cygnes se sont attaqués à lui. J'ai dû batailler ferme pour le leur arracher et le ramener au sec. Je me suis accordé quelques secondes, histoire de reprendre haleine, puis je l'ai chargé sur mes épaules. Il gémissait. J'ai traversé la route. J'ai tambouriné à la porte de Saint-Jude, jusqu'à ce qu'une lumière s'allume. Tate a ouvert et a fait :

« Dieu tout-puissant !

– Le voilà, votre tueur de cygnes...

– Qu'est-ce que je dois en faire ? »

J'ai déposé le gosse à ses pieds et dit :

« Ce que vous voulez, mais vous n'avez pas intérêt à traîner. J'ai l'impression que les cygnes lui ont arraché un œil. »

Sur ce, j'ai tourné les talons et suis parti. Il m'a crié :

« Où est-ce que vous allez ?

– M'offrir une pinte. »

Derniers feux

L'histoire a fait les gros titres.

L'HOMME DU JOUR

Jack Taylor, de Galway, a joué un rôle décisif dans l'arrestation de l'individu soupçonné d'avoir décapité les cygnes. Depuis quelques semaines, tous les habitants du Claddagh étaient scandalisés par ces massacres à répétition.

S'exprimant au nom des gens du quartier, un résident a affirmé : « Les cygnes font partie de notre patrimoine. »

Mr. Taylor, ex-membre de la Garda Síochána, *avait passé plusieurs nuits à surveiller les lieux. Le coupable présumé serait un adolescent habitant le quartier de Salthill. Le surintendant Clancy a déclaré, au cours d'une brève allocution :*

« La police s'inquiète de plus en plus du

manque de respect que manifestent les jeunes à l'égard des institutions qui font partie de notre patrimoine commun. Nous ne tolérerons aucun acte de vandalisme aveugle. »

Le surintendant a appelé tous les parents à s'investir davantage dans la surveillance de nos jeunes adultes. Mr. Taylor, injoignable, n'a pu répondre à nos questions.

J'avais fini par mener une enquête à bien. Disons-le carrément : j'avais percé un mystère. Est-ce que ça me filait la pêche ? Foutrement pas. J'avais plongé dans l'affliction la plus complète. Le fameux « nuage d'ignorance » ?... Pas exactement. Je savais, mais ça ne me rassérénait guère. Un vide en moi me brûlait les entrailles, tel un sentiment d'angoisse palpable. Retour aux sources. Retour aux livres. Je lisais avec frénésie. En 1991, j'avais découvert David Gates à travers *Jernigan*, son premier roman – un bouquin très sous-estimé par les aficionados. Le héros est un alcoolo teigneux, complètement ravagé. Torturé par sa propre ironie, il se livre à une introspection tordue. Le roman décrit l'horreur des banlieues nord-américaines. Les quelques rares personnes à qui je l'avais prêté l'avaient détesté.

« Et l'humour, alors ? j'avais demandé.

– T'es aussi tordu que Jernigan. »

Il y avait du vrai là-dedans. J'ai eu ma petite revanche, cela dit, quand Gates a été sélectionné pour le prix Pulitzer.

Bref, je me suis confortablement installé avec son recueil de nouvelles, *Les merveilles du monde invisible*. Dans celle qui s'intitule « L'enfant stellaire », un homo, las de la vie citadine, revient dans sa ville natale, où il se retrouve érigé en figure paternelle par le fils de sa sœur, en pleine cure de désintoxication.

« En général, il évite d'emmener Deke au restaurant, non pas à cause du côté uranien que ça pourrait avoir, mais parce qu'ils ont l'air, l'un et l'autre, totalement paumés. »

J'ai trouvé cet « uranien » génial. Pas vraiment facile à replacer dans la conversation courante, mais on ne sait jamais... La nouvelle suivante s'intitulait « L'instant de folie ». C'est l'histoire d'une femme qui n'a pu oublier son premier amour, et qui s'irrite de la vie qu'elle mène en ville aux côtés d'un mari aigri.

« Je n'ai rien à reprocher à John Le Carré, dit Paul. Je préférerais cent fois lire un de ses bouquins plutôt qu'un de ceux de ce taré d'Updike. Si on compare deux John, là... »

On a sonné à la porte. J'ai fait :

« Oh, merde ! »

Et je suis allé ouvrir. Sur le coup, je ne l'ai pas reconnu. Puis :

« Monsieur le surintendant Clancy... »

Il était en civil – sanglé dans un costume trois pièces. Le genre qui s'était vendu comme des petits pains chez Penney, il y avait trois ans de ça. Il m'a demandé :

« Je peux entrer ?

– T'as un mandat ? »

Devant la gueule qu'il a faite, j'ai dit :

« Je plaisantais. Entre... »

Je l'ai précédé dans la cuisine.

« Je t'offre quelque chose ?

– Du thé. Oui, une tasse de thé, je veux bien. »

Il s'est posé sur une chaise comme quelqu'un qui s'est récemment bousillé le dos. Il a examiné la pièce et a fait :

« C'est gentil, chez toi... »

J'ai jugé que ça ne méritait pas de réponse. Je l'ai regardé. À l'époque où je l'avais connu, il était épais comme un cure-dents. On avait été très proches, tous les deux. Mais c'était loin, tout ça. Sa bedaine débordait de son pantalon. Des replis de graisse lui fermaient presque les yeux, il avait le teint rouge brique et le souffle laborieux. J'ai posé un mug devant lui et j'ai annoncé :

« J'ai plus de biscuits. »

Il m'a décoché un sourire carnassier :

« Il faut que je te félicite.

– D'être à court de biscuits ? »

Il a secoué la tête :

« Pour cette histoire de cygnes. Tout le monde ne parle que de toi, en ville.

— J'ai eu du bol, c'est tout.

— L'autre affaire, celle des *tinkers*, t'es toujours dessus ?

— Non. Je suis dans l'impasse. Deux gars à toi m'ont tabassé, l'autre jour. Sur tes ordres, paraît-il.

— Allons, Jack... Les bleus, c'est toujours tenté de faire du zèle. Un peu trop, des fois.

— Si c'est ça, qu'est-ce que tu fous ici ?

— Simple visite de courtoisie. Ça fait un sacré bout de temps qu'on se connaît, toi et moi. »

Exact. Et rien que du mauvais. Il s'est levé, sans avoir touché à son thé :

« Ah ! Une chose encore...

— Quoi ?

— Bill Cassell, notre gros dur local... Tu ferais bien de garder tes distances.

— C'est un avertissement ?

— Tu vires à la parano, Jack ! Je voulais juste t'en toucher un mot, à titre purement amical.

— Moi aussi, j'ai un mot pour toi : "uranien". Cherche dans le dico, tu seras pas déçu. »

Comme il franchissait le seuil, une voiture est venue se garer devant la maison. Un *garda* en est descendu et a ouvert la portière arrière. J'ai fait :

« Impressionnant !
— Les hautes fonctions ont leurs petits privilèges... »

Je l'ai fixé droit dans les yeux et j'ai laissé tomber :

« Ça se voit. T'es devenu un homme de poids, y a pas de doute... »

Je m'étais récemment replongé dans Derek Raymond et avais noté ce passage, dans *Crème anglaise* :

> *J'ai l'impression que peu importe que vous vous mariez, que vous vous rangiez, ou que vous viviez ou pas avec une nana, il y a des gens qui ont votre matricule gravé dessus, comme les bombes, pendant la guerre. Et même s'il se trouve que vous ne les aimez pas des masses, il n'y a rien que vous puissiez faire contre ça — à moins d'être prêt à passer votre existence à annuler le destin à force d'arguments —, ce qui doit être faisable si on essaye, mais ce n'est pas mon genre.*

*

Pendant les quelques jours suivants, j'ai gardé un profil bas. Si inimaginable que ça puisse paraître, j'avais presque arrêté de picoler. Et côté coke, mon manque était moins féroce. Ce n'était plus qu'une douleur diffuse que j'étais capable de supporter. Je craignais que le fragile équilibre de mes nerfs ne se casse la gueule, si je sortais. J'ai lu du Merton dans l'espoir futile d'y trouver des nourritures spirituelles. En vain.

Pour dire la vérité, je trouvais Merton chiant comme la mort, tout à coup. Chez moi, c'est en général le signe annonciateur d'une beuverie sauvagement préméditée. Quand Laura m'a appelé, j'ai fait :

« J'ai la grippe, ma jolie.

— Je vais venir m'occuper de toi.

— Non, non, laisse-moi m'en charger à coups de vitamine C.

— J'ai besoin de te voir, Jack.

— Pas dans l'état où je suis.

— Ça m'est égal.

— Combien de fois il faut que je te le répète, bon sang ? Tu n'as pas besoin de me voir sur le flanc.

— Ça m'est égal, je te dis.

— Pas à moi. Dans trois jours, maximum, je serai de nouveau sur pied. »

Elle aussi, elle commençait à faire chier. J'aurais eu du mal à nommer quelqu'un ou quelque chose qui ne le faisait pas. Le deuxième jour de ma réclusion volontaire, on a sonné à la porte. Je suis allé ouvrir. C'était un des jeunes du clan. Je l'avais déjà vu en compagnie de Sweeper. J'ai grogné, pas aimable :

« Qu'est-ce qu'y a ?

— Sweeper m'a demandé de passer voir comment vous alliez.

— T'as vu, alors *bye* ! »

Au moment où je refermais la porte, il a allongé le bras :

« Je m'appelle Mikey. Je peux entrer une minute ?

— Une minute, pas plus. Top, chrono ! »

À peine à l'intérieur, il a jeté un coup d'œil circulaire. J'ai demandé :

« Tu cherches quoi ?

— Rien. Vous la tenez bien, la maison... »

Il avait une façon de parler étudiée, comme s'il savourait chaque mot qu'il prononçait. Il a demandé :

« Je pourrais avoir un verre d'eau, dites ? »

Je lui en ai servi un, qu'il a vidé d'un trait. Il a fait :

« Je crève de soif. Ça doit être les *rashers* que j'ai mangés au petit déj'.

— Mikey, pourquoi est-ce que j'ai l'impression que t'as une idée derrière la tête ?

— J'ai habité ici.

— Sweeper m'a dit que c'était une famille.

— Non, juste moi.

— Pourquoi t'es parti ?

— Sweeper m'a éjecté pour vous y mettre. »

J'ai allumé une Marlboro et lui ai soufflé la fumée dans le nez. J'ai dit :

« Ah ! Et ça te gonfle... »

Il a crispé les doigts autour de son verre :

« Je m'en foutrais si vous l'aviez méritée.

— J'ai découvert celui qui a toutes chances d'être le coupable.

— Et il est... où ? »

J'en avais ma claque. J'ai dit :

« J'en ai ma claque. Tu voulais autre chose ?

— Non. Je pourrais vous emprunter des bouquins ?

— Tu lis ?

— Parce que, pour vous, les *tinkers*, ça ne lit pas ?

— Fous-moi la paix ! Je ne suis pas d'humeur à supporter les plans harcèlement, là... »

Il a laissé passer et dit :

« Et pour les bouquins, alors ? »

J'ai mis le cap sur la porte d'entrée :

« Inscris-toi à la bibliothèque. »

Il est resté planté sur les marches et a insisté :

« Vous ne voulez vraiment pas m'en prêter, des bouquins ?

— T'as qu'à t'en acheter. »

Et je lui ai claqué la porte au nez.

Là-dessus, nouveau coup de sonnette. J'ai ouvert, prêt à faire le coup de poing. C'était mon voisin. J'ai fait :

« Ah ! »

Je l'avais toujours vu un peu dépenaillé, mais là on aurait dit qu'on l'avait retourné comme une vieille chaussette et qu'on s'était consciencieusement essuyé les pieds dessus. Il m'a tendu une bouteille :

« C'est du *poitín*.

– Ben... merci... enfin, je crois...

– J'ai acheté un de leurs trucs à gratter et j'ai gagné.

– Beaucoup ?

– Ça fait une semaine que j'arrose ça.

– Ah ! T'as gagné tant que ça ?

– Hier soir, j'ai passé la soirée dans un pub humain.

– Un *quoi* ?

– On pousse la porte et tout le monde est en train de chanter... *"I'm only human"*... »

J'ai levé la bouteille. Son contenu était clair comme de l'eau de roche.

« Du vrai de vrai ! » j'ai dit.

Il a hoché vigoureusement la tête.

« Ça, je te le garantis... L'alambic est dans le comté de Roscommon.

– Je croyais que la *Garda* faisait de la répression.

– C'est un *garda* qui me l'a vendu.

– Un vrai brevet de qualité, en soi.

– Le meilleur. »

... Clair pour moi enfin que l'obscurité que
je m'étais toujours acharné à refouler
est en réalité mon meilleur... [...]
indestructible association jusqu'au dernier
soupir de la tempête de la nuit
avec la lumière de l'entendement de la fin...

Samuel Beckett, *La dernière bande*
(traduit par l'auteur)

Un jour d'hibernation de plus. À la radio, pour une raison qui m'échappe, ils diffusent une interview de Muhammad Ali. Je l'écoute d'une oreille distraite, quand soudain :

« Le type qui, à cinquante ans, a la même vision du monde qu'à vingt a pollué l'air pour rien pendant trente années. »

Je retourne ce coup bas dans ma tête.

Putain !

Je me dis qu'il est temps de renouer avec le crime — *via* la lecture, au moins. J'ouvre un Lawrence Block et impossible de m'en décrocher. Je le relis à fond la caisse : son héros, Matt Scudder, décrit en détail comment il s'est sorti de l'alcool. Terrain miné s'il en est... Pire encore, à un moment, il explique la différence qu'il y a entre un alcoolo et un toxico. Et moi, avec le nuage de traîne des amphets pas encore dissipé, la coke en épée de Damoclès au-dessus de ma tête, et une bouteille de *poitín* dans mon placard... Entre le marteau et l'enclume, genre... Pfffou ! La vache !

Dixit Block :

« Montrez à un junkie le jardin d'Éden et il vous dira qu'il le préférerait sombre, froid et sinistre. Et qu'il veut en être l'unique occupant. »

Je me suis levé et j'ai allumé une clope. Ce passage ne me plaisait pas du tout. Je me suis mis du Johnny Duhan. *Flame*. L'album parfait, compte tenu de mon *moi* en miettes. Au troisième morceau, j'ai commencé à me détendre un peu. Je me suis dit :

« O.K. ! »

Et j'ai rouvert Block.

« La différence entre un alcoolo et un junkie, c'est que le premier vous piquera votre portefeuille. Le junkie aussi, mais lui, il vous aidera à le chercher. »

J'ai posé mon bouquin et j'ai dit tout haut :

« Ça va comme ça ! Il est temps que j'aille prendre un peu l'air. »

Et je suis sorti — pour mon malheur.

En passant devant le G.B.C., j'ai repensé à Keegan : c'est là qu'on s'était vus pour la dernière fois. Sur un coup de tête, j'y suis entré et me suis commandé un double cappuccino avec un croissant aux amandes. J'ai dit à la serveuse :

« Pas saupoudré de chocolat, surtout ! »

Plutôt étonnée, elle m'a demandé :

« Comment vous pouvez boire ça sans chocolat dessus ?

— Avec grand plaisir... O.K. ? »

Je me suis installé près d'une fenêtre et j'ai regardé le monde défiler devant mes yeux. J'ai déchiré une pointe de mon croissant et me suis mis à mastiquer. Si c'était bon ? C'était divin. De quoi garder l'envie de coke à distance. Et là, une femme s'est approchée de ma table :

« Vous êtes Jack Taylor ? »

J'ai réussi à articuler, la bouche pleine :

« En perchonne.

— Vous avez une minute ?

— Chûr. »

Pas loin de la soixantaine, mais bien conservée. Vêtue de ce genre de tailleur que Maggie Thatcher avait mis à la mode. Ce qui me disait une chose : « Écoute-la bien. » Elle s'est assise, a planté ses yeux dans les miens et m'a demandé :

« Vous savez qui je suis ?

— Non, pas du tout.

— Je suis Mme Nealon. La mère de Laura... »

Elle a jeté un regard méprisant à la main que je lui tendais :

« On est de la même classe d'âge, tous les deux, vous êtes bien d'accord ? »

À la surface de mon cappuccino, la mousse commençait à se désagréger. J'ai fait une tentative sur le mode badin :

« À dix ans près, moui... »

Fatale erreur ! Elle m'a balancé :

« Même à dix ans près, Laura en est loin à mon avis... Vous ne pensez pas ?

— Voyons, Mme Nealon, il n'y a rien de sérieux entre elle et moi... »

Ses yeux ont flamboyé.

« Comment osez-vous ? Ma fille est folle de vous.

— Là, vous exagérez, je crois... »

Elle s'est levée.

« Laissez-la tranquille, espèce de vieux satyre ! » a-t-elle crié.

Et elle est sortie comme une furie.

Tous les regards ont convergé sur moi, lourds de reproches. J'ai contemplé mon croissant, qui se recroquevillait sur lui-même, et me suis dit :

« C'est vraiment exquis... »

Mon cappuccino n'était plus que l'ombre de lui-même.

Comme je me dirigeais vers la sortie, mortifié, je me suis souvenu d'un vers de Borges que Kiki adorait :

« Ah, si ce matin-là pouvait être l'oubli. »

J'ai essayé de me répéter ce qui se dit à Galway :

« Le G.B.C., c'est juste bon pour les péquenauds. Eux et les représentants de commerce... »

Vous croyez que ça m'a remonté ? Que dalle.

J'ai appelé Laura, qui s'est exclamée :

« Ça va nettement mieux, on dirait !

— Quoi ?

— Ta grippe... Elle est finie.

— Ah ! oui...

— Ce que je suis contente ! Je t'ai acheté une carte de prompt rétablissement. Il y a Snoopy dessus, mais je ne sais pas si tu l'aimes. Oh ! Jack ! Y a tellement de trucs que je meurs d'envie de savoir sur toi. Je viens te voir tout de suite.

— Laura... je... euh... écoute... je ne vais pas pouvoir te voir.

— Aujourd'hui, tu veux dire ?

— Ni aujourd'hui ni aucun autre jour.

— Pourquoi ça, Jack ? J'ai fait quelque chose qu'il fallait pas ? Est-ce que... ? »

Il fallait que je tranche dans le vif. J'ai fait :

« J'ai rencontré quelqu'un.

— Oh ! mon Dieu ! Elle est mieux que moi ?

— Elle est plus vieille. »

Et j'ai raccroché.

Dieu sait si, toute ma vie, les remords ont été comme une seconde peau. Là, planté debout, le combiné muet à la main, j'ai plongé dans des gouffres insoupçonnés. J'ai foncé vers le placard. À la seconde où j'empoignais la bouteille de *poitín*, coup de sonnette. J'ai fait :

« Oh ! merde ! »

J'ai foncé dans l'entrée et ouvert la porte à la volée. Flood, ex-*garda*, fou de Dieu et grand maître ès tuyaux... Entre mes dents serrées, j'ai grogné :

« J'ai déjà donné. »

Il a mis trente secondes à imprimer, puis :

« Je ne suis pas venu faire la quête. »

Je suis sorti en le bousculant et j'ai examiné ma porte. Il m'a jeté un regard interrogateur. J'ai expliqué :

« Je me demandais si y aurait pas une plaque qui indique "Congrès des enfoirés"... »

Sur ce, je suis rentré et l'ai précédé dans le living. La bouteille de *poitín* brillait comme un néon sur la table de la cuisine. J'ai fait un geste en direction du canapé et il s'y est assis. Il avait un attaché-case en piteux état. Il l'a posé sur ses genoux. Il a dit :

« T'as meilleure mine, Jack.

— C'est grâce à mon hygiène de vie.

— Nos prières ont été entendues, alléluia !

— Qu'est-ce que tu me veux ? »

Il a ouvert sa mallette et s'est mis à fourrager dans ses papiers. Il a dit :

« Tu as déjà entendu parler du profilage, j'imagine.

— Guère.

— Malgré le peu d'intérêt que la Garda manifeste pour les assassinats de ces jeunes *tinkers*, un expert médico-légal a été assez intrigué par cette affaire pour mener sa propre étude.

— Sur toutes les victimes ?

— Oui.

— Qu'est-ce qui l'a incité à faire ça ?

— Il écrit un bouquin.

— Et tu le connais... par quel canal ?

— Il fait partie de notre groupe de prière.

— J'aurais dû y penser...

— Voici ses conclusions :

> *L'assassin est un individu de sexe masculin d'une trentaine d'années. Célibataire, en-*

fant unique. Q.I. très élevé. Extrêmement habile de ses mains. Il conduit un van réaménagé. Étant gosse, il a dû tuer et torturer des animaux. Il a appris très tôt l'art de la dissimulation. En grandissant, il a probablement dû avoir affaire à la police pour des peccadilles, mais il a su tirer les leçons de ses erreurs. À un moment donné, il a dû tenter d'agresser un homme. Au quotidien, c'est quelqu'un de poli, qui s'exprime bien, qui a un certain niveau culturel, mais qui est incapable d'éprouver le moindre sentiment. Il est tout simplement dans un autre monde. Le remords lui est totalement étranger. Ce qui le caractérise, c'est une certaine affectation et une agressivité larvée. Du point de vue psychiatrique, il souffre d'un trouble de la personnalité de type narcissique, et il ne parvient pas à maîtriser ses pulsions. Le recours à la violence est inévitable. Il a eu un orgasme en tuant sa première victime. Ensuite, il ne pourra que récidiver.

Sa lecture achevée, Flood m'a demandé :

« Je pourrais avoir un verre d'eau, s'il te plaît ? »

Richard Dreyfuss dans *Les dents de la mer* tout craché... Je suis allé lui chercher son verre d'eau. J'ai fugacement caressé l'idée de le corser d'une larme de *poitín*, mais j'y ai renoncé. Comme je lui tendais le verre, sa main a tremblé. J'ai dit :

« Putain ! Toute cette merde a l'air de t'avoir salement secoué.

— Ne jure pas, s'il te plaît. Mais c'est vrai, le mal m'affecte profondément. »

Je me suis rassis et j'ai allumé une clope :

« Tout ça est très impressionnant, mais qu'est-ce que ça apporte ? Je sais déjà qui est l'assassin. »

Il a vidé presque tout son verre d'une traite, a étouffé un rot, puis :

« Ah, oui ! M. Bryson... C'est justement pour ça que je suis là. Je ne suis pas sûr qu'il cadre bien avec ce profil.

— Profil, mon cul ! Où tu te crois, là ? À Quantico ? Ouvre les yeux. T'es qu'un ex-flic sans avenir, qui joue au détective. Crois-moi, je suis bien placé pour savoir que ça peut finir très mal. Tu pries, je bois, et que quelqu'un ait pitié de nos pauvres âmes. »

Ma tirade l'a estomaqué. Il s'est avachi contre le dossier du canapé comme si je lui avais fichu un coup. En un sens, c'est ce que je venais de faire. Il est resté muet un petit moment, puis :

« Je n'avais pas compris à quel point tu es amer. Ça m'afflige de te voir aussi désespéré.

— Putain, lâche-moi, Flood ! Ton affliction, j'en ai rien à secouer. »

Il a pris une profonde inspiration :

« Ces conclusions sont d'une troublante précision.

— Alors ?

— Si c'est Bryson, jamais il ne se serait enfui. »

Je me suis levé et j'ai dit :

« C'est lui. »

Il s'est hissé sur ses pieds et a insisté :

« Écoute-moi, Jack, je t'en prie. Ton copain, là, le flic de Londres, demande-lui d'éplucher les antécédents de Bryson et de vérifier si ça correspond à ce profilage.

— T'avais autre chose à me dire ?

— Jack ! »

Je lui ai montré la porte :

« Dis à ton pote, le profileur, que je ne manquerai pas d'acheter son bouquin.

— T'as vraiment une pierre à la place du cœur, Jack Taylor.

— Il paraît. »

Et j'ai refermé la porte. Tout l'après-midi, le téléphone n'a pas cessé de sonner. Ça ne m'a pas dérangé. J'étais de l'autre côté du meilleur *poitín* du Roscommon.

— [illegible]
[illegible]
— [illegible]
« [illegible]
— [illegible]
— [illegible]
[illegible]
« [illegible]
— [illegible]
« [illegible]
— [illegible]
« [illegible]
— [illegible]
— [illegible]
[illegible]

*Ce jour-là, tu accéderas enfin à la solitude
à laquelle tu aspirais depuis si longtemps.
Ne me demande pas quand ou comment
cela arrivera, si ce sera en plein désert
ou dans un camp de concentration.
C'est sans importance. Alors, ne me pose
pas la question parce que je ne te le dirai
pas. Tu ne le sauras que lorsque
tu y seras parvenu.*

Thomas Merton, *La nuit privée d'étoiles*

Peu de cauchemars peuvent rivaliser avec ceux qu'engendre le *poitín.* Au début des années soixante, *Tell Laura I Love Her* a fait un malheur dans le genre chanson à faire pleurer dans les chaumières. C'est l'histoire d'un garçon qui se tue à moto, en hurlant la phrase titre. C'est de ça que j'ai rêvé. Le type à la moto était Jeff, sur sa Harley, et Laura — la mienne — m'appelait désespérément. J'étais tartiné d'entrailles de cygnes et Clancy se ruait sur moi, armé d'une machette. J'ai ouvert les yeux dans la cour, derrière la maison, sous une pluie battante. Comment j'avais atterri là ? Mystère. La bouteille de *poitín* gisait en miettes, au pied du mur du fond.

Je me suis traîné à quatre pattes jusque dans l'entrée. Où j'ai gerbé. Mon vomi dégoulinait sur mes habits transpercés par la pluie. Une soif de tous les diables m'incendiait le gosier. J'ai réussi à me hisser sur mes pieds et à me déshabiller. Mes fringues étaient foutues. Je les ai collées dans le lave-linge et ai lancé le programme « Linge très sale ». Sur ce, j'ai rouvert en force la porte du tambour – moyennant quoi, un torrent d'eau s'est répandu par terre –, et j'y ai enfourné une montagne de lessive. J'ai refermé la porte d'un coup de pied. Je suis revenu dans la cuisine, où j'ai dégoté une boîte de Heineken. J'ai réussi à m'entamer les doigts en m'escrimant sur la languette. J'ai marmonné :

« Merci, Seigneur ! »

J'en ai sifflé la moitié et, c'est parti, j'ai de nouveau tout gerbé. J'ai foncé au premier et me suis collé sous la douche. Cinq minutes à l'eau bouillante, puis je me suis séché – très, très lentement parce que tous mes muscles protestaient. Rien ne vous ruine aussi complètement la santé que cette *uisce beatha*[1]. Pas étonnant que, pendant le carême, les gars du Connemara se mettent au sherry pour faire pénitence. J'ai enfilé un jean et un T-shirt. À ma consternation, le devant du T-shirt s'ornait d'un logo. Quand j'ai réussi à faire le point dessus, j'ai déchiffré « Je pète le feu ».

Bordel.

Je me suis allongé sur mon lit et j'ai sombré. Je n'ai rouvert les yeux que tard dans la soirée. Des cauchemars, en veux-tu, en voilà. Je me suis

1. Littéralement : « eau-de-vie » en gaélique, d'où « whiskey ».

assis en sursaut, le cœur battant à se décrocher. En dormant, j'avais de nouveau dégueulé. J'ai arraché les draps du lit. J'ai repris une douche, en me sentant un peu moins patraque. Puis descente au rez-de-chaussée, à la recherche d'un autre petit reconstituant. Pas la moindre goutte à boire : zéro, *nada*, que dalle. J'avais vidé toutes mes réserves. Seule solution : tenter une sortie. Mon dernier jean et mon dernier sweat propres, et ma veste tout temps. Boutonnée jusqu'au menton, vu qu'un frisson arctique me pelait le système. Un froid tout droit venu d'outre-tombe. Le téléphone a sonné et j'ai failli ne pas décrocher. Si je ne l'avais pas fait, je me demande si les choses auraient tourné autrement. Probable que non, mais je ne peux pas m'empêcher de me le demander. J'ai empoigné le combiné :

« Allô ?

— Jack ? Sweeper.

— Ouais ?

— On l'a chopé.

— Hein ?

— À Athlone. Il s'occupait de S.D.F.

— Putain !

— Il voudrait te voir.

— Pourquoi ?

— J'en sais rien. Ça te dit de le rencontrer ?

— Euh... O.K.

– J'envoie Mikey te chercher.

– Dis-lui que je serai au Nestor's.

– D'accord. »

J'ai mis le cap sur le pub. Jeff était derrière son comptoir, l'air en forme et le teint frais. La sentinelle était à son poste, comme d'hab'. Il a fait :

« Tiens ! V'là la providence des cygnes ! »

J'ai fait comme si je n'avais rien entendu. Jeff a dit :

« T'as une sale gueule, Jack.

– T'as rien trouvé de plus original ? Toi, en revanche, t'as une mine resplendissante.

– Grâce à toi, mon pote. Je te dois une fière chandelle.

– Ouais, ben, justement, file-moi une pinte et un baby. »

Il a hésité une fraction de seconde, alors j'ai fait :

« Qu'est-ce qu'y a ? »

Pendant qu'il me servait, la sentinelle est revenue à la charge :

« T'es un héros, Jack Taylor.

– Va te faire foutre. »

Jeff a posé les consos sur le comptoir :

« C'est la tournée du patron. »

J'ai sorti de l'argent de ma poche :

« Non, merci. »

J'ai empoigné mes verres. J'avais tellement la tremblote que j'ai dû les reposer. Jeff s'apprêtait à venir à la rescousse, mais il a vu ma tête et s'est abstenu. J'ai pris mon verre de whiskey à deux mains et l'ai vidé cul sec. La sentinelle était hypnotisée. Je lui ai lancé :

« Qu'est-ce que je viens de te dire ? »

Il s'est abîmé dans la contemplation de sa pinte – à moitié vide, comme toujours. Le whiskey m'a perforé l'estomac comme un missile. J'ai senti le sang me monter à la tête et j'ai su que je n'allais pas tarder à avoir le hâle minute du pilier de bar. Une douce chaleur s'est répandue dans mes entrailles, m'est remontée dans la poitrine, et j'ai ressenti le mieux-être escompté. Quelques secondes de plus, et j'ai pu soulever ma pinte d'une main qui ne tremblait pas. J'étais sur le point de demander à Jeff de me remettre la même chose quand Mikey s'est matérialisé au niveau de mon coude :

« On s'offre une petite célébration entre amis ?

– Tu prends quelque chose ?

– On n'a pas le temps. On est attendus à une autre petite soirée intime. »

Il a esquissé un sourire en coin. J'ai dit :

« On a le temps de s'en prendre un petit dernier, vite fait. »

J'ai commandé un whiskey double et j'ai dit à Mikey :

« Tu me tiens pas compagnie ?

— Ça me dit rien.

— Comme tu veux. »

Je me suis allumé une clope avec le Zippo en argent.

« Il est à Sweeper, ce briquet, a fait Mikey.

— Et alors ? Qu'est-ce que tu veux dire ? »

Apparemment, rien. J'ai refait cul sec et j'ai attendu le coup de fouet avant de dire :

« Allons-y. »

« Fais gaffe à toi, Jack ! » m'a lancé Jeff.

Je n'ai pas répondu. Le Jameson commençait à faire effet et me privait momentanément de l'usage de la parole.

Mikey avait garé le van juste devant la porte. Il ne payait pas de mine jusqu'à ce qu'on y monte et qu'on se rende compte que l'intérieur était comme neuf. On pouvait y vivre sans problème, entouré de tout le confort possible. J'ai fait :

« Super, ton installation !

— Je suis pas maladroit avec mes mains... »

Il a passé la première et s'est glissé dans la circulation. Je lui ai demandé :

« On va où ?

— Sur Headford Road. Chez les sédentarisés. »

Le mépris, dans sa voix, était tranchant comme une lame. J'ai dédaigné l'appât et il m'a jeté un regard en coin :

« Je ne suis pas *tinker*, moi.

– Hein ?

– Vous me prenez pour un *tinker*.

– Holà, Mikey... Je te prends pour rien du tout. Tu vas sûrement trouver ça incroyable, mais je ne pense pas du tout à toi. Je t'ai vu quoi... une fois ?

– Deux.

– Deux ?

– J'étais là, le soir des Tiernan, vous vous rappelez pas ? Naturellement, vous n'avez vu qu'une bande de *tinkers*... »

J'ai secoué la tête et sorti mon paquet de clopes. Je cherchais mon Zippo quand il a dit :

« J'aimerais mieux que vous ne fumiez pas. Pas dans mon van. »

J'ai allumé ma clope :

« Je m'en bats les couilles, de ton van. »

À Wood Quay, il m'a dit :

« Un jour, je devais avoir dans les quatre ans, ma mère m'a emmené faire un tour dans la rue, à minuit. On a atterri à Fair Green. Elle s'est fichue à poil. Ça la prenait régulièrement, dès qu'elle avait ingurgité une certaine dose d'alcool. »

Voyant que je restais sans réaction, il a enchaîné :

« Elle s'est fait renverser par un van. Tuée sur le coup. Elle aurait rien senti de toute façon. Elle était trop soûle pour ça. J'ai été recueilli par les *tinkers*.

– Pourquoi ?

– Le van était à un des leurs.

– Et le reste de ta famille ?

– On était juste elle et moi... Oh ! et la bibine ! On était logés par la municipalité à Rahoon. Vous vous souvenez de ces logements sociaux ? On n'y aurait pas collé un chien. Le ghetto de Galway... Comme en Amérique. »

J'ai écrasé mon mégot sous ma semelle :

« Pourquoi t'es resté ? T'es plus un gosse maintenant. »

On était en train de s'engager dans l'allée d'une maison cossue. Il a dit :

« Vous êtes bien placé pour savoir qu'il est impossible de revenir à la case départ, j'aurais cru. »

Au moment où on mettait pied à terre, j'ai demandé :

« C'est chez qui, ici ? »

C'était une grande bâtisse de deux étages, avec un garage attenant. On sentait qu'on était chez des gens qui avaient du fric. Beaucoup de fric. Je ne voyais pas la tête de Mikey, mais la raillerie ne m'a pas échappé quand il a répondu :

« Chez qui ? Chez Sweeper, bien sûr... »

La vie est une espèce d'horreur.
On s'en accommode, mais c'est usant.
Ennemis et voleurs ne vous lâchent pas,
même quand vous faiblissez. Au contraire,
les méchants fleurissent et se montrent plus
impitoyables encore. Quand on est malade,
il faut avoir un bon avocat.
Quand on vous remet votre arrêt de mort,
on y inclut les nouvelles lignes de combat.
Selon votre situation, il est dans certains cas
nécessaire de cesser de résister
et de se coucher. On est faible. La mort
semble préférable à la retraite quotidienne.

Harold Brodkey, *Histoire de ma mort*
— Ces ténèbres sauvages
(traduit par Michel Lederer)

Sur les talons de Mikey, j'ai traversé un vestibule tapissé de photos en noir et blanc. Des vues du Galway d'autrefois. Des femmes en châle. Des hommes en casquette de tweed. Peut-être que c'était l'effet du whiskey, mais il m'a semblé que c'était une époque plus agréable. On est entrés dans un living encombré de meubles anciens et de sièges de cuir. Une immense cheminée et, devant, Sweeper, le coude sur le manteau en marbre. Trois jeunes en jogging noir. Sweeper a aboyé :

« C'est maintenant que vous arrivez ? »

Cela adressé à Mikey, qui m'a jeté un coup d'œil avant de répondre :

« La circulation était dense. »

Sweeper s'est tourné vers moi :

« Je t'offre un verre ? »

Mikey a retenu un ricanement. J'ai fait :

« Non, merci, ça va bien. »

Ça, pour être bien, je l'étais... Enveloppé du

calme artificiel de quatre whiskeys. Sweeper a hoché la tête :

« Je vais te conduire à lui. »

Il m'a piloté à travers la maison. Dans une pièce, une femme et trois gamins regardaient *Qui veut gagner des millions ?* J'ai entendu Chris Tarrant, l'animateur, demander :

« C'est votre dernier mot ? »

On est entrés dans le garage. Ronald Bryson était ficelé sur une chaise de cuisine. À poil. Un petit radiateur électrique à deux barres à ses pieds.

« À toi de jouer », m'a dit Sweeper.

Une seconde chaise était plantée devant Bryson. La tête inclinée sur la poitrine, il avait l'air de dormir. Il avait une peau d'un blanc de lait et totalement glabre. Aucune trace visible de coups. J'ai poussé un « Ouf ! » intérieur.

« Ronald ! » j'ai fait.

Il a relevé la tête en sursaut. Il avait tout le tour de la bouche maculé de sang. Il a mis un moment avant de percuter, puis :

« Oh ! Tchack... Tcheu berchi... »

Il n'avait plus une dent et ses gencives étaient encroûtées de salive et de sang séchés. J'ai fait :

« Tu voulais me voir. »

Il a essayé de se libérer des cordes qui l'attachaient et (à des fins de compréhension, je rapporte ses paroles comme j'ai fini par les décoder) a bredouillé :

« Ils m'ont arraché les dents avec une paire de tenailles. »

J'ai regretté de pas avoir accepté le verre que m'avait offert Sweeper. Bryson a enchaîné :

« Jack, il faut leur expliquer que c'est une affreuse méprise. Je sais que j'ai déconné, mais c'est pas moi qui ai tué ces types.

– Si, c'est toi !

– Jack ! Au nom du ciel ! Il y a quelque chose en moi qui a besoin d'attirer l'attention. Je laisse les gens croire que je fais des trucs immondes, mais... »

Sa voix s'est brisée. Il a murmuré :

« ... mais c'est qu'un jeu. Je fais bien mon boulot. Et puis, c'est comme si j'étais possédé... Je m'en prends à ceux que j'aide et je me raconte que j'ai fait quelque chose de dangereux. Après, j'ai plus qu'à changer de ville. Tu peux vérifier. À Londres... et des tas d'autres fois ailleurs, mais c'est rien que des trucs imaginaires. »

Je me suis allumé une clope :

« T'as foutu le souk chez moi, tu m'as harcelé au téléphone, t'as terrorisé ma petite amie.

– Tout ce que je voulais, c'était polariser ton attention. Que tu penses que j'étais plus fort que toi. »

Je me suis levé et il a crié :

« Jack, par pitié ! T'en va pas ! »

Je me suis penché sur lui. La terreur s'exhalait de sa poitrine comme de la fumée. J'ai fait :

« Même s'il y avait un seul mot de crédible dans ce que tu racontes, il y a quand même un truc qui te condamne.

— C'est quoi, Jack ? Dis-le-moi... je peux... tout expliquer.

— La main. »

Il a paru authentiquement largué. Il a demandé :

« Quelle main ?

— Une des victimes a eu la main coupée. Cette main, on l'a retrouvée devant la porte de Sweeper. Sur ce, je reçois une main en plastique par la poste. Comment tu pouvais être au courant, à moins d'être le coupable ?

— Parole, Jack ! J'étais même pas au courant de cette histoire de main. Je ne t'ai jamais rien envoyé par la poste. Tu dois me croire, bordel !

— C'est pas le cas. »

Je me suis retourné pour partir et il s'est mis à chialer en me suppliant de revenir. J'ai fermé la porte derrière moi et j'ai regagné le living. Sweeper m'a demandé :

« Il a avoué ?

— Non. »

Sweeper m'a regardé au fond des yeux et m'a demandé :

« Quel est ton dernier mot ?

– C'est lui.

– O.K. Mikey va te raccompagner. Je passerai te voir d'ici quelques heures, et on soldera nos comptes. »

Pendant le trajet de retour, Mikey n'a pas ouvert la bouche. J'ai entendu une horloge sonner minuit et j'ai pensé :

« Tel qui à minuit ne dort pas tout seul pleurera. »

Comme je descendais du van à Hidden Valley, Mikey a dit :

« Je me suis mis à la poésie. Qui est-ce que vous me conseilleriez de lire ? »

J'ai pris un moment avant de répondre, comme si je réfléchissais, puis :

« Lis qui tu veux. Je m'en tape. »

Une fois rentré, j'ai eu vaguement peur de continuer à picoler à ce rythme et j'ai décidé d'essayer de bouquiner. J'ai choisi un Chester Himes : ce serait à la fois noir et distrayant. Dans *La fin d'un primitif*, j'ai souligné le passage suivant :

> *À l'instant du réveil, avant que son esprit ait réorganisé sa défense, retrouvé sa séré-*

nité, exprimé ses justifications, aiguisé ses haines, échafaudé ses raisonnements, à cet instant d'émotion et d'angoisse [...] elle ne parvenait pas à se disculper entièrement en accusant les hommes. La nuit elle pleurait, le jour elle mentait, mais au petit matin elle avait peur.

*

Je m'étais assoupi dans mon fauteuil. La sonnette a retenti et je me suis mis debout, complètement dans le brouillard. J'ai jeté un œil à la pendule. Cinq heures du mat'. C'était Sweeper. Seul, mais avec une bouteille de Black Bushmills. Je l'ai fait passer dans la cuisine. Il a dit :

« J'ai apporté des clous de girofle. On pourrait se faire des whiskeys chauds.

— Pourquoi pas ? »

J'ai mis la bouilloire sur le feu et nous ai préparé des grogs monstrueux — clous de girofle, sucre et Bush à gogo. Je lui ai tendu le sien et me suis assis. Il a dit :

« C'est fait.

— Bien.

— Tu n'as rien à me demander ?

— Tu me répondrais ?

— Sans doute pas. »

On a vidé nos verres et il nous a resservi une tournée. J'ai fait :

« C'est la main qui m'emmerde.

— Laquelle ?

— Celle que j'ai reçue par la poste. »

Il a eu un petit rire étouffé, sans une once d'humour :

« Ah ! ça ! C'était une idée de Mikey.

— Quoi ?

— Il va très souvent à Belfast. Il a pensé que tu avais besoin qu'on te secoue un peu. Je ne l'ai su qu'après. C'est les gars qui me l'ont dit.

— Oh ! nom de Dieu !

— Qu'est-ce qu'y a ?

— Bordel ! Laisse-moi réfléchir... »

J'ai tenté de calmer mon cerveau en effervescence et de me rappeler les paroles exactes de Brendan Flood. Puis j'ai fait :

« Je vais te décrire quelqu'un, Sweeper. Écoute attentivement, puis dis-moi à qui ça te fait penser.

— O.K. »

J'ai pris une profonde inspiration et me suis lancé :

« Un homme, trente ans et quelques, célibataire, très intelligent, enfant unique. Adroit de ses mains, qui conduit un van entièrement réaménagé, qui a eu quelques frictions avec la police, et qui a sans doute agressé un type. Il est poli, s'exprime bien et a de l'instruction. »

Je sentais la sueur me dégouliner par tous les pores de la peau. Sweeper n'a pas eu une seconde d'hésitation :

« Mikey. Pourquoi ?

— Pour rien. Simple curiosité... »

S'il avait été moins crevé, il aurait peut-être insisté. Mais l'épuisement lui fermait les yeux. Il a haussé les épaules, a sorti une enveloppe de sa poche et a fait :

« Un petit bonus. T'as fait du bon boulot.

— Je vais m'en aller.

— À Londres ?

— Non. Je vais retourner à l'hôtel Bailey.

— Mais tu peux rester ici sans problème.

— Merci, mais il est temps que je m'offre un peu de changement. »

Il s'est levé et m'a tendu la main :

« J'espère qu'on se reverra, Jack Taylor.

— Sûr. »

Après son départ, j'ai ouvert l'enveloppe. De quoi voir venir pendant un bon bout de temps. Je l'ai refermée.

Le lendemain, je suis allé au Sweeney's. On entendait les cris des goélands, de l'autre côté des docks. Bill Cassell est arrivé pas longtemps après moi. Il avait l'air d'avoir encore maigri. Il s'est installé à sa place habituelle et je me suis assis en face de lui. J'ai posé l'enveloppe sur la table et j'ai dit :

« Tu pourrais compter combien y a là-dedans ? »

Il l'a fait, puis :

« Ça fait un joli paquet de fric, Jack. Tu veux quoi ? Te débarrasser de quelqu'un ? »

J'ai allumé une clope, admiré le Zippo une dernière fois, et l'ai fait glisser vers Bill.

« Il s'appelle... »

DU MÊME AUTEUR

Aux Éditions Gallimard

Dans la collection Série Noire

R&B — VIXEN, 2008.

R&B — BLITZ, 2007.

R&B — LES MAC CABBÉES, 2006.

R&B — LE MUTANT APPRIVOISÉ, n° 2738, 2005, Folio Policier n° 481.

R&B — LE GROS COUP, n° 2704, 2004, Folio Policier n° 393.

JACK TAYLOR — LA MAIN DROITE DU DIABLE, 2008.

JACK TAYLOR — LE DRAMATURGE, 2007.

JACK TAYLOR — LE MARTYRE DES MAGDALÈNES, 2006, Folio Policier n° 523.

JACK TAYLOR — TOXIC BLUES, 2005, Folio Policier n° 465.

JACK TAYLOR — DELIRIUM TREMENS, n° 2721, 2004, Folio Policier n° 417.

Aux Éditions Fayard

RILKE AU NOIR, 2008.

LONDON BOULEVARD, 2008.

HACKMAN BLUES, 2007, Points Seuil.

EN EFFEUILLANT BAUDELAIRE, 2007.

Aux Éditions du Seuil

SOMBRES DESSEINS, avec Jason Starr, 2008.

COLLECTION FOLIO POLICIER

Dernières parutions

126.	Yasmina Khadra	*Morituri*
127.	Jean-Bernard Pouy	*Spinoza encule Hegel*
128.	Patrick Raynal	*Nice 42e rue*
129.	Jean-Jacques Reboux	*Le massacre des innocents*
130.	Robin Cook	*Les mois d'avril sont meurtriers*
131.	Didier Daeninckx	*Play-back*
133.	Pierre Magnan	*Les secrets de Laviolette*
135.	Bernhard Schlink/ Walter Popp	*Brouillard sur Mannheim*
136.	Donald Westlake	*Château en Esbroufe*
137.	Hervé Jaouen	*Hôpital souterrain*
138.	Raymond Chandler	*La dame du lac*
139.	David Goodis	*L'allumette facile*
140.	Georges Simenon	*Le testament Donadieu*
142.	Boileau-Narcejac	*La main passe*
143.	Robert Littell	*Ombres rouges*
144.	Ray Ring	*Arizona kiss*
145.	Gérard Delteil	*Balles de charité*
146.	Robert L. Pike	*Tout le monde au bain*
147.	Rolo Diez	*L'effet tequila*
148.	Yasmina Khadra	*Double blanc*
149.	Jean-Bernard Pouy	*À sec !*
150.	Jean-Jacques Reboux	*Poste mortem*
151.	Pascale Fonteneau	*Confidences sur l'escalier*
152.	Patrick Raynal	*La clef de seize*
153.	A.D.G.	*Pour venger pépère*
154.	James Crumley	*Les serpents de la frontière*
155.	Ian Rankin	*Le carnet noir*
156.	Louis C. Thomas	*Une femme de trop*
157.	Robert Littell	*Les enfants d'Abraham*
158.	Georges Simenon	*Faubourg*
159.	Georges Simenon	*Les trois crimes de mes amis*
160.	Georges Simenon	*Le rapport du gendarme*

161.	Stéphanie Benson	*Une chauve-souris dans le grenier*
162.	Pierre Siniac	*Reflets changeants sur mare de sang*
163.	Nick Tosches	*La religion des ratés*
164.	Frédéric H. Fajardie	*Après la pluie*
165.	Matti Y. Joensuu	*Harjunpää et le fils du policier*
166.	Yasmina Khadra	*L'automne des chimères*
167.	Georges Simenon	*La Marie du Port*
168.	Jean-Jacques Reboux	*Fondu au noir*
169.	Dashiell Hammett	*Le sac de Couffignal*
170.	Sébastien Japrisot	*Adieu l'ami*
171.	A.D.G.	*Notre frère qui êtes odieux...*
172.	William Hjortsberg	*Nevermore*
173.	Gérard Delteil	*Riot gun*
174.	Craig Holden	*Route pour l'enfer*
175.	Nick Tosches	*Trinités*
176.	Frederic H. Fajardie	*Clause de style*
177.	Alain Page	*Tchao pantin*
178.	Harry Crews	*La foire aux serpents*
179.	Stéphanie Benson	*Un singe sur le dos*
180.	Lawrence Block	*Un danse aux abattoirs*
181.	Georges Simenon	*Les sœurs Lacroix*
182.	Georges Simenon	*Le cheval Blanc*
183.	Albert Simonin	*Touchez pas au grisbi !*
184.	Jean-Bernard Pouy	*Suzanne et les ringards*
185.	Pierre Siniac	*Les monte-en-l'air sont là !*
186.	Robert Stone	*Les guerriers de l'enfer*
187.	Sylvie Granotier	*Sueurs chaudes*
188.	Boileau-Narcejac	*Et mon tout est un homme*
189.	A.D.G.	*On n'est pas des chiens*
190.	Jean Amila	*Le boucher des Hurlus*
191.	Robert Sims Reid	*Cupide*
192.	Max Allan Collins	*La mort est sans remède*
193.	Jean-Bernard Pouy	*Larchmütz 5632*
194.	Jean-Claude Izzo	*Total Khéops*
195.	Jean-Claude Izzo	*Chourmo*
196.	Jean-Claude Izzo	*Solea*
197.	Tom Topor	*L'orchestre des ombres*
198.	Pierre Magnan	*Le tombeau d'Helios*
199.	Thierry Jonquet	*Le secret du rabbin*
200.	Robert Littell	*Le fil rouge*

201.	Georges Simenon	*L'aîné des Ferchaux*
202.	Patrick Raynal	*Le marionnettiste*
203.	Didier Daeninckx	*La repentie*
205.	Charles Williams	*Le pigeon*
206.	Francisco González Ledesma	*Les rues de Barcelone*
207.	Boileau-Narcejac	*Les louves*
208.	Charles Williams	*Aux urnes, les ploucs !*
209.	Larry Brown	*Joe*
210.	Pierre Pelot	*L'été en pente douce*
211.	Georges Simenon	*Il pleut bergère...*
212.	Thierry Jonquet	*Moloch*
213.	Georges Simenon	*La mauvaise étoile*
214.	Philip Lee Williams	*Coup de chaud*
215.	Don Winslow	*Cirque à Piccadilly*
216.	Boileau-Narcejac	*Manigances*
217.	Oppel	*Piraña matador*
218.	Yvonne Besson	*Meurtres à l'antique*
219.	Michael Dibdin	*Derniers feux*
220.	Norman Spinrad	*En direct*
221.	Charles Williams	*Avec un élastique*
222.	James Crumley	*Le canard siffleur mexicain*
223.	Henry Farrell	*Une belle fille comme moi*
224.	David Goodis	*Tirez sur le pianiste !*
225.	William Irish	*La sirène du Mississippi*
226.	William Irish	*La mariée était en noir*
227.	José Giovanni	*Le trou*
228.	Jerome Charyn	*Kermesse à Manhattan*
229.	A.D.G.	*Les trois Badours*
230.	Paul Clément	*Je tue à la campagne*
231.	Pierre Magnan	*Le parme convient à Laviolette*
232.	Max Allan Collins	*La course au sac*
233.	Jerry Oster	*Affaires privées*
234.	Jean-Bernard Pouy	*Nous avons brûlé une sainte*
235.	Georges Simenon	*La veuve Couderc*
236.	Peter Loughran	*Londres Express*
237.	Ian Fleming	*Les diamants sont éternels*
238.	Ian Fleming	*Moonraker*
239.	Wilfrid Simon	*La passagère clandestine*
240.	Edmond Naughton	*Oh ! collègue*
241.	Chris Offutt	*Kentucky Straight*

242. Ed McBain — *Coup de chaleur*
243. Raymond Chandler — *Le jade du mandarin*
244. David Goodis — *Les pieds dans les nuages*
245. Chester Himes — *Couché dans le pain*
246. Élisabeth Stromme — *Gangraine*
247. Georges Simenon — *Chemin sans issue*
248. Paul Borelli — *L'ombre du chat*
249. Larry Brown — *Sale boulot*
250. Michel Crespy — *Chasseurs de tête*
251. Dashiell Hammett — *Papier tue-mouches*
252. Max Allan Collins — *Mirage de sang*
253. Thierry Chevillard — *The Bad Leitmotiv*
254. Stéphanie Benson — *Le loup dans la lune bleue*
255. Jérome Charyn — *Zyeux-bleus*
256. Jim Thompson — *Le lien conjugal*
257. Jean-Patrick Manchette — *Ô dingos, ô châteaux !*
258. Jim Thompson — *Le démon dans ma peau*
259. Robert Sabbag — *Cocaïne blues*
260. Ian Rankin — *Causes mortelles*
261. Ed McBain — *Nid de poulets*
262. Chantal Pelletier — *Le chant du bouc*
263. Gérard Delteil — *La confiance règne*
264. François Barcelo — *Cadavres*
265. David Goodis — *Cauchemar*
266. John D. MacDonald — *Strip-tilt*
267. Patrick Raynal — *Fenêtre sur femmes*
268. Jim Thompson — *Des cliques et des cloaques*
269. Lawrence Block — *Huit millions de façons de mourir*
270. Joseph Bialot — *Babel-Ville*
271. Charles Williams — *Celle qu'on montre du doigt*
272. Charles Williams — *Mieux vaut courir*
273. Ed McBain — *Branle-bas au 87*
274. Don Tracy — *Neiges d'antan*
275. Michel Embareck — *Dans la seringue*
276. Ian Rankin — *Ainsi saigne-t-il*
277. Bill Pronzini — *Le crime de John Faith*
278. Marc Behm — *La Vierge de Glace*
279. James Eastwood — *La femme à abattre*
280. Georg Klein — *Libidissi*
281. William Irish — *J'ai vu rouge*
282. David Goodis — *Vendredi 13*

283. Chester Himes	*Il pleut des coups durs*
284. Guillaume Nicloux	*Zoocity*
285. Lakhdar Belaïd	*Sérail killers*
286. Caryl Férey	*Haka*
287. Thierry Jonquet	*Le manoir des immortelles*
288. Georges Simenon	*Oncle Charles s'est enfermé*
289. Georges Simenon	*45° à l'ombre*
290. James M. Cain	*Assurance sur la mort*
291. Nicholas Blincoe	*Acid Queen*
292. Robin Cook	*Comment vivent les morts*
293. Ian Rankin	*L'ombre du tueur*
294. François Joly	*Be-bop à Lola*
295. Patrick Raynal	*Arrêt d'urgence*
296. Craig Smith	*Dame qui pique*
297. Bernhard Schlink	*Un hiver à Mannheim*
298. Francisco González Ledesma	*Le dossier Barcelone*
299. Didier Daeninckx	*12, rue Meckert*
300. Dashiell Hammett	*Le grand braquage*
301. Dan Simmons	*Vengeance*
302. Michel Steiner	*Mainmorte*
303. Charles Williams	*Une femme là-dessous*
304. Marvin Albert	*Un démon au paradis*
305. Fredric Brown	*La belle et la bête*
306. Charles Williams	*Calme blanc*
307. Thierry Crifo	*La ballade de Kouski*
308. José Giovanni	*Le deuxième souffle*
309. Jean Amila	*La lune d'Omaha*
310. Kem Nunn	*Surf City*
311. Matti Y. Joensuu	*Harjunpäa et l'homme-oiseau*
312. Charles Williams	*Fantasia chez les ploucs*
313. Larry Beinhart	*Reality show*
315. Michel Steiner	*Petites morts dans un hôpital psychiatrique de campagne*
316. P.J. Wolfson	*À nos amours*
317. Charles Williams	*L'ange du foyer*
318. Pierre Rey	*L'ombre du paradis*
320. Carlene Thompson	*Ne ferme pas les yeux*
321. Georges Simenon	*Les suicidés*
322. Alexandre Dumal	*En deux temps, trois mouvements*
323. Henry Porter	*Une vie d'espion*

324.	Dan Simmons	*L'épée de Darwin*
325.	Colin Thibert	*Noël au balcon*
326.	Russel Greenan	*La reine d'Amérique*
327.	Chuck Palahniuk	*Survivant*
328.	Jean-Bernard Pouy	*Les roubignoles du destin*
329.	Otto Friedrich	*Le concasseur*
330.	François Muratet	*Le Pied-Rouge*
331.	Ridley Pearson	*Meurtres à grande vitesse*
332.	Gunnar Staalesen	*Le loup dans la bergerie*
333.	James Crumley	*La contrée finale*
334.	Matti Y. Joensuu	*Harjunpää et les lois de l'amour*
335.	Sophie Loubière	*Dernier parking avant la plage*
336.	Alessandro Perissinotto	*La chanson de Colombano*
337.	Christian Roux	*Braquages*
338.	Gunnar Staalesen	*Pour le meilleur et pour le pire*
339.	Georges Simenon	*Le fils Cardinaud*
340.	Tonino Benacquista	*Quatre romans noirs*
341.	Richard Matheson	*Les seins de glace*
342.	Daniel Berkowicz	*La dernière peut-être*
343.	Georges Simenon	*Le blanc à lunettes*
344.	Graham Hurley	*Disparu en mer*
345.	Bernard Mathieu	*Zé*
346.	Ian Rankin	*Le jardin des pendus*
347.	John Farris	*Furie*
348.	Carlene Thompson	*Depuis que tu es partie*
349.	Luna Satie	*À la recherche de Rita Kemper*
350.	Kem Nunn	*La reine de Pomona*
351.	Chester Himes	*Dare-dare*
352.	Joe R. Lansdale	*L'arbre à bouteilles*
353.	Peppe Ferrandino	*Le respect*
354.	Davis Grubb	*La nuit du chasseur*
355.	Georges Simenon	*Les Pitard*
356.	Donald Goines	*L'accro*
357.	Colin Bateman	*La bicyclette de la violence*
358.	Staffan Westerlund	*L'institut de recherches*
359.	Matilde Asensi	*Iacobus*
360.	Henry Porter	*Nom de code : Axiom Day*
361.	Colin Thibert	*Royal Cambouis*
362.	Gunnar Staalesen	*La Belle dormit cent ans*
363.	Don Winslow	*À contre-courant du Grand Toboggan*

364. Joe R. Lansdale — *Bad Chili*
365. Christopher Moore — *Un blues de coyote*
366. Jo Nesbø — *L'homme chauve-souris*
367. Jean-Bernard Pouy — *H4Blues*
368. Arkadi et Gueorgui Vaïner — *L'Évangile du bourreau*
369. Staffan Westerlund — *Chant pour Jenny*
370. Chuck Palahniuk — *Choke*
371. Dan Simmons — *Revanche*
372. Charles Williams — *La mare aux diams*
373. Don Winslow — *Au plus bas des Hautes Solitudes*
374. Lalie Walker — *Pour toutes les fois*
375. Didier Daeninckx — *La route du Rom*
376. Yasmina Khadra — *La part du mort*
377. Boston Teran — *Satan dans le désert*
378. Giorgio Todde — *L'état des âmes*
379. Patrick Pécherot — *Tiuraï*
380. Henri Joseph — *Le paradis des dinosaures*
381. Jean-Bernard Pouy — *La chasse au tatou dans la pampa argentine*
382. Jean-Patrick Manchette — *La Princesse du sang*
383. Dashiell Hammett — *L'introuvable*
384. Georges Simenon — *Touriste de bananes*
385. Georges Simenon — *Les noces de Poitiers*
386. Carlene Thompson — *Présumée coupable*
387. John Farris — *Terreur*
388. Manchette-Bastid — *Laissez bronzer les cadavres !*
389. Graham Hurley — *Coups sur coups*
390. Thierry Jonquet — *Comedia*
391. George P. Pelecanos — *Le chien qui vendait des chaussures*
392. Ian Rankin — *La mort dans l'âme*
393. Ken Bruen — *R&B. Le gros coup*
394. Philip McLaren — *Tueur d'aborigènes*
395. Eddie Little — *Encore un jour au paradis*
396. Jean Amila — *Jusqu'à plus soif*
397. Georges Simenon — *L'évadé*
398. Georges Simenon — *Les sept minutes*
399. Leif Davidsen — *La femme de Bratislava*
400. Batya Gour — *Meurtre sur la route de Bethléem*
401. Lamaison-Sophocle — *Œdipe roi*

402.	Chantal Pelletier	*Éros et Thalasso*
403.	Didier Daeninckx	*Je tue il...*
404.	Thierry Jonquet	*Du passé faisons table rase*
405.	Patrick Pécherot	*Les brouillards de la Butte*
406.	Romain Slocombe	*Un été japonais*
407.	Joe R. Lansdale	*Les marécages*
408.	William Lashner	*Vice de forme*
409.	Gunnar Staalesen	*La femme dans le frigo*
410.	Franz-Olivier Giesbert	*L'abatteur*
411.	James Crumley	*Le dernier baiser*
412.	Chuck Palahniuk	*Berceuse*
413.	Christine Adamo	*Requiem pour un poisson*
414.	James Crumley	*Fausse piste*
415.	Cesare Battisti	*Les habits d'ombre*
416.	Cesare Battisti	*Buena onda*
417.	Ken Bruen	*Delirium tremens*
418.	Jo Nesbø	*Les cafards*
419.	Batya Gour	*Meurtre au Kibboutz*
420.	Jean-Claude Izzo	*La trilogie Fabio Montale*
421.	Douglas Kennedy	*Cul-de-sac*
422.	Franco Mimmi	*Notre agent en Judée*
423.	Caryl Férey	*Plutôt crever*
424.	Carlene Thompson	*Si elle devait mourir*
425.	Laurent Martin	*L'ivresse des dieux*
426.	Georges Simenon	*Quartier nègre*
427.	Jean Vautrin	*À bulletins rouges*
428.	René Fregni	*Lettre à mes tueurs*
429.	Lalie Walker	*Portées disparues*
430.	John Farris	*Pouvoir*
431.	Graham Hurley	*Les anges brisés de Somerstown*
432.	Christopher Moore	*Le lézard lubrique de Melancholy Cove*
433.	Dan Simmons	*Une balle dans la tête*
434.	Franz Bartelt	*Le jardin du Bossu*
435.	Reiner Sowa	*L'ombre de la Napola*
436.	Giorgio Todde	*La peur et la chair*
437.	Boston Teran	*Discovery Bay*
438.	Bernhard Schlink	*Le nœud gordien*
439.	Joseph Bialot	*Route Story*
440.	Martina Cole	*Sans visage*
441.	Thomas Sanchez	*American Zazou*

442. Georges Simenon	*Les clients d'Avrenos*
443. Georges Simenon	*La maison des sept jeunes filles*
444. J.-P. Manchette & B.-J. Sussman	*L'homme au boulet rouge*
445. Gerald Petievich	*La sentinelle*
446. Didier Daeninckx	*Nazis dans le métro*
447. Batya Gour	*Le meurtre du samedi matin*
448. Gunnar Staalesen	*La nuit, tous les loups sont gris*
449. Matilde Asensi	*Le salon d'ambre*
450. Jo Nesbø	*Rouge-gorge*
451. Olen Steinhauer	*Cher camarade*
452. Pete Dexter	*Deadwood*
454. Keith Ablow	*Psychopathe*
455. Batya Gour	*Meurtre à l'université*
456. Adrian McKinty	*À l'automne, je serai peut-être mort*
457. Chuck Palahniuk	*Monstres invisibles*
458. Bernard Mathieu	*Otelo*
459. James Crumley	*Folie douce*
460. Henry Porter	*Empire State*
461. James Hadley Chase	*Pas d'orchidées pour Miss Blandish*
462. James Hadley Chase	*La chair de l'orchidée*
463. James Hadley Chase	*Eva*
464. Arkadi et Gueorgui Vaïner	*38, rue Petrovka*
465. Ken Bruen	*Toxic Blues*
466. Larry Beinhart	*Le bibliothécaire*
467. Caryl Férey	*La jambe gauche de Joe Strummer*
468. Jim Thompson	*Deuil dans le coton*
469. Jim Thompson	*Monsieur Zéro*
470. Jim Thompson	*Éliminatoires*
471. Jim Thompson	*Un chouette petit lot*
472. Lalie Walker	*N'oublie pas*
473. Joe R. Lansdale	*Juillet de sang*
474. Batya Gour	*Meurtre au Philharmonique*
475. Carlene Thompson	*Les secrets sont éternels*
476. Harry Crews	*Le Roi du K.O.*
477. Georges Simenon	*Malempin*
478. Georges Simenon	*Les rescapés du Télémaque*

Composition Nord Compo
Impression Novoprint,
le , 4 août 2008
Depôt légal : août 2008
1er depôt légal dans la collection : mai 2007

ISBN 978-2-07-034448-2 /Imprimé en Espagne.

162502